一穂ミチ
ichiho michi

SMALL WORLDS

スモールワールズ

講談社

contents

スモールワールズ

立体／北原明日香　写真／下村しのぶ　装幀／bookwall

ネオンテトラ

なぜ、望んでいないたぐいの幸運にはこうもたやすく恵まれるのだろう。

『ほんといつもありがとー、今回もアリーナの神席！』

友人から届いたＬＩＮＥは、フキダシごとむくむく弾《はず》んで見えそうなほど喜びに満ちあふれていた。それを読むわたしのテンションがまったく上がらないことにはお構いなし、そういう一方的なツールなのだと分かっていてもため息がこぼれた。

片手にスマホ、もう片方の手に妊娠判定薬、という実に間抜けな姿で。もっと言うと下半身丸出しで便座に座ったまま、水も流さないまま。おしっこをひっかけている最中に通知音が鳴り、慌《あわ》てて確認した——いや、違う。予想がついていたこの結果と直面するのが怖くて飛びついたのだ。くだらない用件での邪魔はちょうどよかった。どうでもいいメッセージに目を通す間に心を宥《なだ》め、失望に対する心の準備を整えられたから。

丸い窓の中はすがすがしいほど無印、何のサインもなかった。さて、ジムに行かなきゃね、と気を取り直す。次の撮影日も近いし、身体《からだ》を動かし、引き締め、余計な考えを振り払わなければ。たとえば、行きもしないライブが当たったから「今月の子宝」に外れたのかも、なんてそんなありえないこと。

夜、貴史《たかし》が帰ってくると「麻子《あさこ》に頼まれたチケット、また当たってた」と報告した。

「麻子さんて、あの、ドルオタの友達だっけ？」

「そう、もう五回目かな？　複数公演申し込んだ麻子は全然駄目で、なぜかわたしにいい席が当たる」

「へえ、まああるあるだよな」

貴史は笑って「席なら、俺が融通《ゆうずう》できるかもだけど」と言った。

「今度事務所に聞いとこうか？」

「え、いいよ」

わたしはかぶりを振る。

「麻子が恐縮しちゃうだろうし、貴史が取ってくれるのって関係者席でしょ、おおっぴらにうちわとか振れなくてつまんないいんじゃないかな」

「ああ、なるほど」

うちわ、と貴史はまた笑う。

「『こっち見て』とかデコってあるやつだろ？　美和《みわ》が振るとこ想像したら面白い。ふだんのクールな表情のまんまでさ、メトロノームみたいに淡々と」

「やめてよ」

「一回一緒に行ってみたら？　案外ハマるかも」

「有紗《ありさ》くらいの年の子たちだよ？　ただのお子さまでしょ」

「ああ、有紗ちゃん元気？　最近会ってないな」

「元気。隙《すき》あらば放課後うちに来ようとするからなるべく断るようにしてて……言ってるそばからＬＩＮＥ来た。『あさって寄っていい？』だって、もう」

「いいじゃん別に。かわいい姪《めい》っ子だろ？　きっと寂《さび》しいんだよ」

「セカンドハウスみたいにされるのはいやなの。わたしだけの家じゃないんだし」

薄切りの玉ねぎと卵のにゅうめんをテーブルに置くと、箸《はし》に伸びた夫の手を遮り指を絡めた。そのまま引き寄せ、自分の腰の後ろに誘導する。

「どした？」

「ちょっと慰《なぐさ》めて」

貴史の頭を胸に抱き、てっぺんよりすこし後ろにあるつむじに鼻を埋める。

「ワックスつくよ」

「いいの」

整髪料のケミカルに甘いにおいが体臭と混ざり、すこしうっとくる。でも決して快《こころよ》くない空気で鼻腔《びこう》を満たすことで言葉は却《かえ》ってなめらかに出てきた。

「また駄目だった」

「……そう」

腰にあたる手にちょっと力がこもるのが分かる。

「判定薬が陰性で、あーあって思ったらその後すぐ生理きた。人間の身体ってすごいね。空気読んでるのか読んでないのかって感じ」

ふふ、と笑う息が生え際《はえぎわ》をくすぐったのか、貴史はわずかに身ぶるいしてから「気にすんなよ」とわたしの背中を優しくさする。

「俺にできることあったら言って」

「うん、ありがとう」

夜食を食べた夫が風呂場に行ってから、有紗にLINEを返した。

『おばあちゃんにちゃんと許可取ってね』

『はーい』

既読がついたのとほぼ同時に調子のいい返事がよこされる。有紗の両親、わたしの姉夫婦は去年から海外駐在になり、祖父母と暮らす姪は確かに寂しいのだろう、遊びに来たがる頻度《ひんど》が上がった。「かわいい姪っ子」という夫の言葉を反すうする。ずっと見てきたので、それはもちろんかわいい。もう少し大人になって彼女の行動範囲が広がれば、叔母《おば》の家よりもっと楽しい場所を見つけるのだろうし——その頃には、わたしの望みも叶っているだろうか？　食器を洗い、ごみを始末しシンクを磨《みが》き上げれば、整然とした台所は急によそよそしい。自分が気持ちよくなれるようととのえたのに、どうしてだろう。わたしの支配下にありながらわたしを拒絶している気がする。浴室からはシャワーの音と、夫の鼻歌が聞こえてくる。

貴史のいいところのひとつは、眠りがとても健《すこ》やかなことだ――わたしにとって都合がいい、という意味で。ベッドで目を閉じると一分と経《た》たず寝息を立て、経験上、震度四の地震でも起きない。眠っている間に手を取られてスマホの指紋認証を突破されていることも、わたしの指紋が新たに登録されていることも知らない。サイドテーブルにある夫のスマホから充電ケーブルを抜き、画面の明かりを頼りに寝室を出てリビングを抜け、玄関近くの部屋に入った。ＬＩＮＥのアプリをひらいて、トーク画面のいちばん上、つまり最新のやり取りを確認する。タイムスタンプはほんの三十分前、貴史が入浴中に弄《いじ》っていた時の相手。

『ちゃんと帰れました？』

『そんな飲んでねーから。しかも、嫁の妊娠してなかった報告で一気に覚めたし』

『えー。フォローしないと駄目ですよ！』

『したした。小腹減ってたから、目はにゅうめんに釘付《くぎづ》けだったけど。食ってからにしてくれ～って思ってた』

笑顔のまま泣いている絵文字。

『ひど』

『だってのびるし冷めるじゃん。俺だって子どもは欲しいよ、でもこっちまでがっかりしたら嫁を責めるみたいになっちゃうし』

『奥さん同い年でしたっけ？　女性としてはそろそろ焦りますよね』

『今んとこ、そこまでがつがつした空気出してないけど。妊娠菌とか言い出したらどうしようってちょっとビビってる笑』

『ビビるんだ笑』

『俺、そういうの引くから。病んでるじゃん。一緒に病院行くのはいいけど、神社巡るのとかはないわー』

貴史は決して冷淡な人間ではないし、わたしを愛していないわけでもない。この端末上の会話は甚《はなは》だ軽率ながら妻の悪口にはあたらない。相手がわたしより若い女というところに若干引っかかるが、この程度の愚痴《ぐち》ならお互いさまだ。神頼みやスピリチュアルのたぐいを頭から否定するところだって、つき合っている時は知的な美点に思えた。だから、今さら傷つくのはわたしの問題。

スマホのバックライトが消灯すると、手元が一気に暗くなる。結婚祝いに貴史の両親が買ってくれた2LDKのマンションの一室は「いつかの子ども部屋」としてもう八年もスタンバイしていた。東向き、フローリング八畳の空間には、その年月が、出産という未来を疑いもしなかった能天気なわたしの期待ごとチルドパックされている。

もっとも、完全な空っぽではない。ここには確かにちいさな生命が存在している。わたしは起き上がり、腰高のキャビネットの上に設置した四十五センチの水槽を覗《のぞ》き込んだ。蛍光灯の下、水草の合間をちらつくあえかな光が見える。横一線のメタリックなブルーがちりちりと水流に逆《さか》らってもどかしげに泳ぎ、数センチの身体の下腹部は夕焼けを転写したように鮮やかな赤。三年ほど前から飼い始めたネオンテトラの群れが、現状この部屋のあるじだった。死んだら買い足して、つねに三十匹前後を維持している。動物園のライオンや象には、狭苦しい箱庭に閉じ込められている悲哀をどうしても感じてしまうが、小魚にはこれくらいのスケールでちょうどいいんじゃないかと勝手に思う。むしろ、本物の自然なんて、あてどなさすぎてあなたたちにはふさわしくない。

ネオンテトラは美しい。でもそれは取るに足らないささやかな色と光で、彼らに特別な愛着を抱いているわけではない。ただ、この水槽を置くようになってから、貴史のいない夜やぽっかり予定が真っ白になった昼間、この家の中でじょじょに酸素濃度を下げられていくような息苦しさを感じなくなったのは確かだった。

生理中はどうしてかむしょうに煙草《たばこ》が吸いたくなる。ホルモンバランスの乱れというやつだろうか。一本か二本ふかせばぴたりとおさまるので、衝動に近い欲求に抗《あらが》うのをやめ、わたしは数ヵ月に一度、洗面台の鏡裏に隠したちいさなポーチを取り出す。摂取するニコチン量と忍耐によって生じるストレス量を比べたら、後者のほうが身体に悪いと思う——という言い訳で束《つか》の間《ま》毒素を取り入れる。貴史はきょうも遅い。ベランダの隅《すみ》っこで火をつけ、煙とともにくゆる夜景に目を細めた。取り立ててきらびやかでもなければ珍しいランドマークもない見慣れた住宅街、今夜もそのはずだった。

なのに、眼下を横切る高速道路を眺《なが》めて緩慢に煙を吐《は》き出していると、特にフォーカスを定めていなかったはずの視界に何かが引っかかる。不意にまつげが目に入り込んだのに似た違和感。何だろう、とその正体を探りたくて目を凝《こ》らす。高速を挟んで向かいにあるマンションだった。ご近所だけど今まで意識したこともない場所の、四階の外廊下。わたしのセンサーはそこに反応していた。

人が、ふたり。たぶん、中年の男と、少年だ。遠目で、もちろん声など聞こえてこないけれど、男のほうが尋常じゃない勢いで少年に食ってかかり、怒鳴《どな》りつけている。激昂《げきこう》している、といっていい。これだけ離れていても分かる剣幕が、レゴの人形ほどの大きさでも視覚に訴えてきたのだろう。無声映画（見たことないけど）みたいだった。男の子のほうは、じっとうなだれている。学ランを着て、青いリュックを背負っている。有紗が通う中学校の指定リュックだと気づいた時、口の中が一気に苦くなった。彼らがどういう関係なのか、何があったのかは知らないが、子どもが畏縮《いしゅく》しきってしまうテンションで怒り狂う大人にはどんな正当性も認めたくない。マンションのしらじらとした蛍光灯の下で、それは芝居の一場面にさえ見えた。等間隔に並ぶ高速道路のオレンジのナトリウム灯とわたしがまばらな観客。そう、絵空事であってほしい、と思うほど男のキレ方は異様で、男の子の、かくりと折れた首が痛々しかった。彼らを凝視している間に煙草はどんどん燃え、わたしの指をすこし炙《あぶ》った。慌てて放り投げるとサンダルで何度もにじって消し、しゃがんで携帯灰皿に回収する。立ち上がってもまだふたりはそこに存在した。わたしは二本目の煙草に火をつけ、先端に点《とも》った赤い火をそっと空中に向け、怒鳴り続ける男の頭にエア根性焼きをしてやった。じゅっ、と胸の内でつぶやいても、現実は何ひとつ変わらない。

「ああ、それ、笙《しょう》ちゃんでしょ」

有紗はフルーツケーキを頰張《ほおば》りながら軽い口調で言う。

「一年から一緒のクラス。有名だよ。ガチギレしてたおじさんっていうのは、たぶんお父さん」

遊びに来た姪に、少々ためらいつつ「向かいのマンションで激しく叱責《しっせき》されていた男子中学生」の目撃談を切り出したところ、あっけなく答えが返ってきた。彼の名前は蓮沼《はすぬま》笙一《しょういち》、有紗の同級生だという。

「三年にお姉ちゃんがいて、あと小五の妹もいるらしいんだけど、お父さんが何でか笙ちゃんのことだけすっごく嫌うんだって。家にいたらめちゃくちゃ怒られるから、お父さんがお酒飲んで寝ちゃうまで帰れないの」

それでは、ゆうべは早すぎて、まだ父親が起きていたということ？　もう十時を回っていたのに。

「……それって、ほんとのお父さんなの？」

有紗に問うには生々しい話題だったとすぐに後悔したが、彼女は相変わらず「さあ」とあっさりしたものだった。

「だからね、笙ちゃん、いちばん練習きついバレー部入って、終わるのが七時半くらいでしょ、その後はコンビニのイートインスペースにいるんだよ。そうさせてもらえるように先生たちが店長さんにお願いしたんだって」

「まず児童相談所に連絡したほうがいいんじゃないの」

「えー、でも、怪我させられたりごはん食べさせてもらえないとかはないって。男だし」

ケーキを平らげ、今度は紅茶のカップに手を伸ばす。

「美和ちゃん、ケーキ食べないの？」

「雑誌の撮影控えてるから」

「モデルさんは大変だー」

妙に大人ぶって嘆息してみせてから「でもね」と続ける。

「先生もブラック労働でいろいろ大変なんだよ。美和ちゃん、笙ちゃんのこと知らないから深刻すぎ。学校でいじられキャラだし、授業中すぐしゃべって先生に怒られてるし、超明るいよ。『遅くまでコンビニいられていいなー』って言われても『だろ？』って笑ってるし」

あなたこそ知らないからよ、と言い返したかった。あの、遠目にも明らかだった父親の異常な怒り方。罵声《ばせい》でぱんぱんになった頭がごとりと落っこちそうだった頼りない首。あれを見たらそんなのんきなことは言っていられないはずだ。

「それより聞いてよ、こないだママとSkypeしたんだけど、相変わらずわたしに関心ゼロ！」

有紗の話題はすぐ笙一から逸《そ》れていった。口をつけた紅茶は、ゆうべの煙草より苦い。

「あ、魚にごはんあげていい？」

ひとしきり母親への不満を並べ立てると、有紗は立ち上がって勝手にネオンテトラの部屋に向かう。

「もうあげたからちょっとだけにして」

「はーい」

粉末状の餌《えさ》を振り入れると、魚たちはたちまち水面に寄ってくる。与えるのがわたしかほかの人間かなんて、どうでもいいのだ。与えられることが重要。

「お食べお食べー。ねえ、カーテン開けない？　ここいっつも薄暗い」

「駄目。水槽に苔《こけ》が生《は》えるし、水温が上がりすぎる。ライトつけてるでしょ」

「絶対太陽光がいいと思うけどなー。わたしに何匹かちょうだい」

「何言ってんの、掃除とか水替えとか結構大変なんだから、有紗には無理」

「そんなことないもん」

有紗は唇《くちびる》を尖《とが》らせたが、飽きっぽい子どもの言うことなんて信用できない。

「じゃあさ、もしこの子たちが卵産んで赤ちゃんが生まれたら分けて。それまでに飼い方勉強しとくから。ちっちゃいほうがかわいいし」

生まれたらね、とわたしは適当にいなした。


その日はたぶん、星占い十三位だった。朝からみそ汁の具をめぐって夫とくだらない諍《いさか》いになり（彼が油揚げを好まないのは知っていたが、半端《はんぱ》に残ったものを使い切りたかったので入れたらいやな顔をされた）、次の撮影はやたらボディタッチの多いカメラマンと組むことが判明し、夕方には事務所の後輩から妊娠&結婚報告のＬＩＮＥがきた。

とどめは、夜に姉とＳｋｙｐｅで話した時のことだ。「もっと有紗に構ってあげれば」と言ったところ「あんたこそよその子にかまけてないで自分で産まないと」などと信じられない言葉が返ってきた。あの子が赤ん坊の頃から両親やわたしをさんざん無料シッター扱いして、タイへの転勤が決まれば「有紗に外国暮らしは無理よね」とあっさり置いていったくせに。

Ｓｋｙｐｅを切ると、テーブルの上にひじをついて前髪をつかみ、脳内で姉の悪口を言いまくって憤《いきどお》りを鎮《しず》めようと試みたがどうにも治まらない。このまま一日を終えたくない、ささやかでいいから何か気分転換したい。そんな気持ちに駆り立てられて財布とスマホだけエコバッグに放り込み、カーディガンを羽織《はお》って外に出た。五月の下旬、昼間は真夏日になることもあるが、夜はまだちゃんと涼しい。コスメや雑誌の品揃《しなぞろ》えを比べつつぷらぷら近所のコンビニを回り、四軒目のイートインスペースで学生服の少年を見つけた時、急に鼓動が早まって指先が熱くなった。ベランダから高速道路越しに見たのと同じ角度で傾く首のラインに、この子だ、という確信があった。笙ちゃん――笙一。わたしは欲しくもないライフスタイル啓蒙《けいもう》雑誌をレジに持って行き、一緒にからあげとホットコーヒーを注文してイートインのカウンターに向かう。何をやっているんだろう。ホルモンバランスのせい？　男がナンパする時もこんなにざわざわと落ち着かない気持ちなのだろうか？

笙一の隣の椅子《いす》をそっと引きながら「こんばんは」と声をかけた。笙一はゆっくりと顔を上げ、返事を許可する権限者を探すように視線をさまよわせたが、もちろん仕事帰りの

ＯＬも酒が入った大学生集団も反応しやしない。やがて彼は学ランの首を縮めて「……っす」とぼそりと言った。まだ男のそれではない、けれどもう子どもでもない、ざらついた高さの声。「こんばんはっす」？　それとも「どもっす」とか？　体育会系男子の語彙《ごい》という感じでほほ笑ましい。短く刈られた髪、屋内部活のせいか色は白かった。

「隣、いいかな？」

今度はかすかに頷《うなず》く。わたしは買ったものをテーブルに置き、椅子に腰掛けると「急に声かけてごめんね」と言った。

「あの、おまわりさんとかじゃないから安心してね」

こんなラフな風体の警官もいないだろうと思いつつ前置きすると「稲田《いなだ》有紗って知ってる？」と問いかけた。

「わたし、母方の叔母です。相原《あいはら》美和っていいます」

笙一のぽかんとした表情は「だから？」と雄弁に語っていて、適当な相槌《あいづち》で取り繕《つくろ》うこともできない幼《おさな》さに、妙に胸が締めつけられた。

「きみの家のね、道路向かいのマンションに住んでる。ちょっと前にベランダからきみのことを見かけて、気になって有紗から教えてもらったの。蓮沼笙一くん、だよね？」

なるべく感情が入らないよう淡々と述べ、まだ温かいからあげを差し出す。

「ダイエット中だからこんな時間に食べちゃいけないんだけど、どうしてもお腹空《なかす》いちゃって。でも全部食べると後悔しそうだし、半分手伝ってくれない？」

見え透いた言い訳が見透かされてもよかった、というかほかにアプローチを思いつかなかった。大人の男が相手なら、いくらでもやりようはあるのに。笙一の眉毛《まゆげ》は薄く、対照的にまつげが濃かった。そのまつげの下の瞳《ひとみ》に揺れているものは屈辱や羞恥《しゅうち》や怒りなのかもしれない。学校でも道化《どうけ》のふりでごまかしている家庭の事情を盗み見られていたのだから。

受け取るか、受け取らないか。賭《か》けだった。そしてわたしは、勝った（誰に？）。笙一はおずおずと手を伸ばし、今度ははっきり聞こえる声で「あざす」とつぶやいてからあげに爪楊枝《つまようじ》を突き刺す。ひとつ口に放り込むと、後はもう止まらなかった。もっとよく嚙《か》んで、と口を挟む隙もない勢いでぱくぱく食べる。有紗によると家で食事はしているらしいが、好きに買い食いできるほどの小遣いは与えられていないようだ。それに、父親が寝ついてから、夜遅くにひとりでひっそり食べるものが、ちゃんとした「食事」といえるだろうか。

笙一の手には爪楊枝だけが残され、自分で平らげたにもかかわらず、意地悪な魔法で消されてしまったような、どこか茫然《ぼうぜん》とした不満げな表情で紙の容器を見下ろす。

「ごみ、もらうよ」

わたしがそれを取り上げると、はっと我に返ったのか「ごちそうさまでした」と頭を下げる。

「あの、すいません、完食しちゃって……」

「いいよ、見てたら満足しちゃったし」

そこから、特に言葉もかわさず、ただ隣でコーヒーを飲んだ。二十も年下の異性と語れる話題を持っていない自分がとても不器用でつまらなく思えて、でもその居心地の悪さは妙にくすぐったくもあった。テーブルの上で笙一のスマホが一度鳴ると、彼は立ち上がり、ぎこちなく会釈《えしゃく》した。

「あの、ありがとうございました」

「もう帰って大丈夫？」

「はい、連絡きたんで」

「じゃあご近所だし一緒に出ようか」

目の前は大きな交差点で、見上げれば八本の高速道路が三層にもわたって行き交う巨大なジャンクションが空を塞《ふさ》いでいる。そのうちの一本は、わたしたちの家の間に横たわっているものだ。

「すごいよね、この眺め。わざわざ遠くから写真撮りにくる人もいるんだって」

白やオレンジのライトをまとったコンクリートの大蛇はまっすぐに、あるいはカーブして重なり、それぞれの背におびただしい鉄の虫をびゅんびゅん走らせ、遠いところと遠いところをつないでいる。「車両をスムーズに行き来させる」という実用の目的のみを追求した結果、頭上の構造物は却って神殿めいた荘厳さを漂《ただよ》わせていた。

へえ、と笙一は、今初めて目にした景色のように新鮮な感嘆を洩《も》らす。

「いっつも見てたから、考えたことなかった」

すっと伸びた首は長く、ホックを外した学ランから覗く喉仏《のどぼとけ》の隆起はまだ控《ひか》えめだった。

「衣替え、いつ？」

「来週から、です」

ぺたんこのサンダルを履《は》いた身長百七十センチのわたしより、十センチほど低いだろうか。ジャンクションを見つめる眼球に、灯《あか》りのどれかが取りついたみたいに光っている。美しい、と不意に思った。水槽のネオンテトラを見て思う時と同じ、こんな生き物が存在するんだ、という、自然への敬意が混ざった感動だった。

けれど、彼の光はすぐに消え、あの家に帰る頃にはきっと暗く沈んでしまう。わたしはむしょうに悔《くや》しくなり、「あのね」と話しかけずにいられなかった。

「今は、こんなにある道のどれかを人に決められて走るしかない。でも、大人になったら、好きなところを好きなふうに走れるよ。きみが望まない人とは交差しないようにだって、できるんだから」

笙一は、戸惑いや警戒を取り去った眼差《まなざ》しでわたしをまっすぐに見た。こんなふうにひたむきに見つめられたのはいつぶりだろう。図々《ずうずう》しいくらいてらいがなかった。こっちが恥ずかしくなる。

「ごめん」

すぐに謝った。きょうあすの居場所がない子どもに「大人になったら」なんてふんわりした夢物語を語った無神経さを後悔していた。希望が持てない人間は希望の抱き方すら忘れてしまうのに、自己満足で生温《なまぬる》い言葉をかけてしまった。

「寒いこと言ったね。忘れて。ホルモンバランスが悪いせいなの」

その無茶苦茶な言い訳を聞いても笙一は目を逸らさなかった。

「いえ……大丈夫っす、言いたいことは、分かります」

彼の理解がどの程度かは不明だが、とりあえず傷つけてはいないらしいので安堵《あんど》した。

高速道路に沿って五分も歩けば笙一のマンションに着き、エントランスには女の人がひとり、佇《たたず》んでいた。笙一に向かって軽く手を上げる。

「お母さん？」と訊《き》くと黙って頷いた。

「そう、じゃあ一応ご挨拶させてね。恥ずかしくていやだろうけど、我慢して。わたしも不審者だと思われたくないから」

笙一に先んじて彼女のもとに歩み寄り、丁寧に頭を下げると、「同じクラスの稲田有紗の叔母です」と自己紹介した。

「たまたまそこのコンビニで一緒になりましたので、送らせていただきました」

笙一の母は「ああ、稲田さんの……」と漠然とした認識を示した。

「わざわざ申し訳ありません、ご迷惑をおかけして」

「いえ、わたしの家、すぐそこですから。おやすみなさい」

にこやかに告げ、振り返らず高速の真下の長い横断歩道を渡る。家に帰ってすぐベランダに出てみたが、笙一の家の前には誰もいなかった。

貴史が帰ってきたのが、何時頃だったか知らない。寝室の引き戸が開いて明かりが差し込み、浅い眠りを妨げる。

「……おかえりなさい」

「ただいま」

貴史はネクタイをほどきながらベッドに腰かけると、わたしの髪に触れ「けさはごめん」と謝る。けさ？　何の話？　……ああ、みそ汁か。貴史の神妙な口調とのギャップに笑いをこらえながら「気にしないで、わたしもごめん」と答える。あんなにいらいらしていたのが嘘《うそ》みたい。笙一と会い、話しただけで、胸を覆っていた厚ぼったい雲はきれいに掃かれていた。

「うん」

かぶさってくる身体を受け止め「お疲れさま」とささやく。腕の中の身体はアルコールやニコチンや誰かの香水や、わたしが知らない彼の一日のかけらを放散している。わたしは心底優しい気持ちで、貴史の背中を抱き返すことができた。

「着回しコーデ」って、実際のところ、どの程度参考にされているんだろう。既婚OL女子という設定をまず身につけてから、通勤、女子会、夫とのデート、義両親との食事会……というさまざまなシチュエーションに合わせてめまぐるしく着替えて撮影を終え、七時過ぎに帰宅するとまず水槽の前に座り込んだ。メイクを落として即寝てしまいたいほど疲れていたが、もうすぐ貴史が同僚とのバーベキューから帰ってくるだろう。人工光の下で泳ぎ回るネオンテトラを眺める。

——全面的なリニューアル考えてて。

十年近くお世話になっている雑誌の編集長からそう切り出された。いつかは来るだろうと思っていた「卒業」の勧告、要はお払い箱ということだ。三十代前半までをターゲットにした雑誌でわたしの露出は明らかに減っていたので、意外ではなかった。わたしは「働くママ」として家庭との両立をアピールできないし、美容や料理に関する資格があるわけでもない。身長や容姿など「持っていて当たり前」の世界でプラスαの武器がない人間は先細っていく一方だ。脳裏に「自然淘汰」の四文字が浮かび、淘汰されていく人間が淘汰から隔離された水槽を愛でるというこっけいさに恥ずかしさとも腹立たしさともつかない感情がこみ上げてきて思わずキャビネットに額をぶつけた。痛い。うなだれる。あの子に会いたい。

特に示し合わせたわけでもなく、笙一と夜のコンビニで会うようになってもう一ヵ月が過ぎていた。行くのは週に二、三回、好きなホットスナックを買ってあげるのは週一回。何となくそういう周期が確立されつつあった。特に話題はなく、笙一が学校でのできごとや、「ハイキュー!!」というバレーボールの漫画についてぽつぽつしゃべり、わたしは聞くともなく聞いて、笙一のスマホが一度鳴ったら帰る合図。その浅い交流がお互いにとってどんな意味を持つのか、うまく説明できない。恋だの愛だのは、笑ってしまう。笙一は子どもにしか見えないし、友人のようにアイドルを追いかける感情ともたぶん違う。

夜のコンビニは、水槽に似ている。人工の光の下にはガラス張りの容《い》れ物《もの》、その中で回遊し、すれ違う同じ生き物たち。群れもいる、ペアも、親子もいる。そして孤独な個体も。わたしは外からイートインスペースを窺《うかが》い、所在なげな笙一を見つけるといつもほっとすると同時に胸が締めつけられた。たまらない気持ちになった。ここにいてほしいし、いなくてすむようになってほしい。行き場のない母性本能と女性ホルモンの暴走かもしれない、でも彼とたどたどしく会話し、車のヘッドライトに次々追い越されながら夜道を歩く束の間の時間が、今や必要不可欠に感じられた。わたしたちは日の光を必要とせず、星の光も月の光も仰《あお》がなかった。

膝《ひざ》立ちになって水槽に手を伸ばす。指先を押しつけると一瞬だけ魚は寄ってきたが、アクリル越しにわたしをつついてすぐに身を翻《ひるがえ》した。わたしが餌をやらなければ死んでしまうなんて知りもしないで。あの子はちゃんと、わたしに向かって「あざす」と頭を下げてくれるのに。魚と比べたら失礼かな、と思いながらあちこちに目を泳がせていると、底に敷き詰めた小石にうっすら苔がついているのに気づいた。やだ、掃除しなきゃ。でも今は元気が出ない。鼻先がくっつきそうなほど顔を寄せ、群れをじっと見つめる。見分けもつかない集団の中で、腹がぽこっと膨《ふく》らんだ個体がいるのに気づいた。そして、対照的にしゅっとスリムな数匹が身をすり寄せるようにしつこくつきまとっている。

ああ、卵を産むのね。


結局、貴史が帰ってきたのは、夜の九時頃だった。

「おかえりなさい、道混んでた？」

「いや、順番に送って行ってたから。疲れたからめしはパス。シャワー浴びていい？」

「どうぞ。荷物片づけとくね」

トートバッグからタオルや汚れたＴシャツを取り出し、無造作に放り込まれたスマホも回収する。ロックを解除してＬＩＮＥのトークをひらけばまたあの女のアイコンがいちばん上にきていた。

『きょうはどうもありがとうございました』

『こちらこそ』

三十分前。きょうの会話はそれだけだった。今までと打って変わって雑談も絵文字もスタンプもない、そっけないやりとり。わたしはスマホを元に戻し、洗濯ものを持って脱衣所に行くと、浴室の扉をノックする。

「ん？」

貴史がシャワーを止めて扉を細く開けた。

「あしたの朝の卵がないからちょっと買ってくるね」

「後で一緒に行くよ」

「いいよ、すぐそこだから。冷蔵庫にビールと、チキンのマリネ入ってるからおつまみにどうぞ」

「俺の好きなやつ？」

「そう、ゆずこしょうの」

「やった」

すこし日焼けした顔で笑う。湯気をまとって濡《ぬ》れた唇とキスをしてから外に出ると、ぬくもりはすぐ夜風にひやされた。ふだんは性別があるとさえ感じないネオンテトラの、卵でぱんぱんになった腹部。夫と別の女の内緒話。それらがわたしの歩みを速める。けれどいつものコンビニに差し掛かり、ガラス越しに笙一を見つけた瞬間、自分の中の固い結び目がほころぶのを感じた。うつむいてスマホを弄っていた笙一が視線に気づいたのかふっと顔を上げ、数秒逡巡《しゅんじゅん》してからおずおず笑って会釈する。こんばんは、と口だけ動かすと軽く頷いた。このまま、水槽の中と外でずっと笑い合っていられたらいいのに。でも目立ちすぎてはいけないので店内に入り、隣の席に座る。

「土曜日に会うの初めてだね。きょうも部活？」

笙一はいつもの学生服ではなく、ジャージの上下を着ていた。

「あ、はい」

それから「あの」と何かを言いかけたが、自動ドアが開くと口をつぐむ。男の子が数人連れ立って入ってきて、笙一を見るやよく分からない歓声とともに駆け寄ってきた。塾帰りなのか、私服にリュックを背負っている。

「おまえこないだ部活休んでただろー！」

「何サボってんだよ」

「ちげーよ」

肩や背中を無遠慮に叩《たた》かれ「いてーな」と言い返す笙一はとても嬉《うれ》しそうで、わたしが初めて見る屈託ない少年の顔をしていた。学校ではいつもこんなふうに、自分自身の陰《かげ》をうまく消し去っているのだろう。わたしは黙って他人のふりをしていた――いや、他人だ。最初から今まで。彼らが騒がしく店内を物色したあげく何も買わずに出て行った後も、まだ警戒して顔を正面に向けたまま「部活、休んだの？」と話しかける。

「ちょっと、お腹痛くなって」

「大丈夫？　病院は？」

「平気です、何でもなかったんで」

「そう。きょうは急ぎの買いものがあるから、もう行くね」

卵のパックを買って会計をすませ、店を出かけた時、笙一が椅子から腰を浮かせて再度「あの」と話しかけてきた。

「ん？」

「こないだ思い出したんですけど、一年の時……文化祭で合唱して」

「あ、覚えてるよ、観に行ったから」

有紗にせがまれて足を運んだものの、一年は合唱、二年は英語の朗読、三年は劇、というクラスごとの演し物《だしもの》はひどく退屈で、早々においとましたけれど。

「はい。舞台に出る前、有紗……稲田さんが袖《そで》んとこで『あそこにいるのうちの叔母さんなの！』ってテンション爆上がりで、みんなで覗いてたの思い出しました」

「やだ、見られてたの？　恥ずかしい」

「『モデルさんなんだよ』って言うから、先生も『どこどこ』とか加わって……」

そんなことわざわざ言うなんて、と呆《あき》れた。

「ほかの女の子たち、引いてたんじゃない」

「え、別に……」

「わたしはあの子のアクセサリーじゃないんだけどね」

つい、とげとげしい口調になった。思春期の女の子にありがちな自己顕示欲だと受け流せなかった。姉に似て調子のいい、そういうところが好きじゃないと有紗に嫌悪を覚えた。笙一はたちまちぴゃっと両肩を縮め「すいません」と蚊の鳴くような声で謝る。

「あ、違うの、ごめん、そうじゃない」

あまりの恐縮ぶりにわたしも焦り、適切なフォローも思いつかないまま逃げるように外に出た。失敗した。あんな子どもに八つ当たりするなんて、何がそんなに気に障《さわ》ったんだろう。

姪っ子の話題を出されたこと？

笙一がわざわざ「稲田さん」と言い直したこと？

有紗、と呼んだ時の照れくさそうな笑顔がぴかぴかして見えたこと？

仕事がうまくいっていないこと？

夫がきょう、あの女とバーベキュー以外の行為にも及んだのだと、不自然によそよそしいLINEで分かってしまったこと？

ネオンテトラが孕《はら》んでいたこと？

わたしにいつまでも子どもができないこと？

こんなに頭の中がぐちゃぐちゃなのに、家に一歩入れば自動的に笑顔をこしらえてしまうこと？

「ただいま」

「おかえり。これ、めっちゃうまい」

ひとりで晩酌《ばんしゃく》を始めていた貴史が、つくり笑いに気づきもしないこと？

「ほんと？　しょっぱくない？」

「汗かいたせいかな、ちょうどいい」

「よかった」

「あ、そうだ、再来週の木曜日から一泊で広島に出張行ってくる」

「分かった。いつもの出張セットで大丈夫？」

「うん、頼む」


二十八歳の時、立て続けに二度、流産した。病院で「不育症ですね」と言われた時、あ、わたし病気なのか、と思った。けれど夫婦で検査を受けても特に異常は見つからなかった。

――自然流産の多くは原因不明なんですよ。結果的に七割のカップルがその後自然妊娠して出産にいたってますし、気にするなというのは無理でしょうが、あまり深刻に捉《とら》えないでください。

でも「症」ってついてんだよね、と思いながらぼんやり聞いていると、医師は声のトーンをぐっと和らげ「どうしてもわだかまってしまうという場合には、当院でカウンセリングも可能ですよ」と提案した。カウンセリング、という単語に貴史の眉根《まゆね》がぴくっと寄り、わたしは反射的に「結構です」と答えていた。自分の妻を「病んだ女」扱いされて不快だったのだろう、会計を終えて病院を出た途端、夫は「もうこの病院やめよう」と言い、わたしは「そうだね」と答えた。

子どもを熱望していたつもりはなかったので、流産にショックを受けたのがショックだった。貴史は検査をいやがらず「そんな協力的な旦那《だんな》さんは少数派だよ」と周りから言われたけれど、わたしにはひどく事務的な態度に思えた。タスクをこなして自分の分担をこなす、不備がないことをデータで証明する、そんな感じがして、この人は女を妊娠させた経験があるんだな、と直感した。だから自分の「無実」を確信している。

不順ぎみだった生理の周期ががたがたになった。流産が怖くて避妊具を欠かさないでいるとあっという間に三十歳になった。そろそろ、と勇気を出して子作りを再開しても今度は妊娠さえしない。それでも、ふたりともどこも悪くないんだからと自分に言い訳をしてずるずる病院にかからないまま、気づけば三十四になっていた。今診察を受けて、今度こそわたしに原因が見つかったら？　もう手遅れだったら？　卵のリミットはどんどん迫っているのに行動できず、ネットを覗けばわたしの年で何の手立てもしていない人は「遅すぎ」と非難されていた。「うちは絶対欲しかったから二十代から始めた」「高齢で産むと体力的にきついし、年取ったママで子どもが恥かくのもかわいそうだもんね」「成人式で還暦とか、正直ないわって思う」……もちろんそんな意見ばかりじゃなかった、でもそんな意見ばかりが目についてますます身動きが取れなくなる。義父母はいつしか示し合わせたように孫の夢を語らなくなり、母は「美和は、半分有紗が娘みたいなもんだしねえ」とたびたび口にする。

子どもがいない夫婦なんて珍しくない。母になるだけが女の幸せじゃない。生き方はそれぞれ違って当たり前。空虚な肯定はわたしの劣等感をすこしも拭《ぬぐ》ってくれない。遠足のバスに置き去りにされたような、ひとりだけ給食を食べきれなくて居残りを命じられたような、幼い屈辱と無力感に苛《さいな》まれ続けている。今も。

『次の出張、別の人に代わってもらえないですか？』

『何で』

『何でって、何でそんなこと言うの？　何でもない顔で、ふたりきりで泊まりなんか無理です。分かるでしょ。それとも、引きずってるのはわたしだけですか？』

『そんなわけないだろ』

『ほんとに？』

『当たり前だよ。ふたりのことだから一緒に考えさせてよ』

『嬉しい。大好き』

　ふざけんなよ。


　ほぼ二週間ぶりに会う笙一は、わたしに気づくなりおどおどと目を泳がせ、「こんばんは」と声をかけても困ったように唇をもごもごさせるだけだった。

「この間はごめんね、変な空気にしちゃって」

「え、や、全然……」

　うつむいたうなじの襟足《えりあし》がすっきりしていた。いつの間に髪を切ったのだろう。すこし首が太くなったように見えるのは気のせいなのか、成長期の目覚ましい変化なのか。この子もじきに「男」になる。

「ていうか、俺が怒らせたから、もう来ないんだと思って」

「違うの、ちょっとメンタル乱れてたけどそれはきみのせいじゃない。またみっともないとこ見せないよう、落ち着くまで時間置いてたの」

「それって、ホルモンバランス、すか」

「そうそう」

笑えている自分にほっとする。今頃、夫が広島でどんなふうに過ごしているのか知らない。不貞を知りながら咎《とが》めなかったわたしは、もう黙認しているのと同じだろうか。貴史に愛想《あいそ》が尽きた？　もうあんな男の子どもは産めなくてもいい？　――違う、あんな男だからこそ、子どもくらい回収しなくちゃ元が取れないのに。

わたしはコーヒーと、笙一のためにアメリカンドッグを買う。

「宿題してたの？」

笙一の前には、英語の教科書とノートが広げてあった。

「来週から期末なんで」

「大変だね」

ということは、部活も休みだろう。

「放課後はどうしてるの？」

「図書室、とか」

「そう」

ここにずっといるんじゃなくてよかった。笙一はアメリカンドッグにかじりつき、わたしは苦いコーヒーをちびちび飲む。自分を取り巻く環境は何も変わっていないけれど、この水槽の底でじっと外を眺めていると呼吸が楽になる。エアーポンプの吐き出す酸素の玉が体内に入ってくる気がする。傍《かたわ》らの少年にとっても、そんな時間であればいいと願った。

「何で、親切にしてくれるんすか」

帰り道、笙一が緊張した面持ちで尋《たず》ねた。

「親切には責任が伴わないからじゃない？」

前みたいなきれいごとを口走りたくなかったので、わざと冷淡に答える。彼の反応を見なくてすむよう、一歩先に進んで歩きながら。本当はわたしが訊きたい。どうしてあなたなのか。そして夫は、仕事は、子どもは、どうしてわたしじゃないのか。わたしの水槽は、もうずっと前から空っぽなのかもしれない。

笙一のマンションに差し掛かると、玄関のガラス扉の向こうには例の母親がいたが、今夜はすこし様子が違って見えた。妙にゆらゆらと足下が頼りないのだ。

「お母さん、大丈夫なの？」

笙一を振り返ると、顔面が強張《こわば》っている。どうしたの、と言うより早くわたしの耳に「またお前か！」という怒鳴り声が飛び込んできた。

「いつもいつもえらそうにしやがって！　人んちのガキ構ってボランティアのつもり⁉

善人気取りか？」

笙一の母が喚《わめ》きながらふらつく足取りで近づいてくる。完全に目が据わっていて、ぞっとした。笙一の手前、精いっぱい平静を装って「お母さん、落ち着いてください」と諭《さと》したが、声はか細くちぢれた。明らかに正気を失った人間がこれほど恐ろしいものだとは知らなかった。

「うるせえ、澄《す》ました顔してんじゃねえよ！　どうせ子どもも産んでないからお上品ぶってられんだろ!!」

摑《つか》みかかられそうになり、わたしはとっさに駆け出した。笙一に構っている余裕はなかった。捕まったら何をされるか分からない、そんな危機感に背中を押されるまま横断歩道を全速力で渡り、自宅マンションに辿り着いてオートロックを開錠すべくバッグを探るのだが、手がふるえてうまくいかない。早く早くと焦っている最中に「あの」と声をかけられた時は本当に飛び上がった。

「あ、すいません」

笙一だった。

「おどかさないでよ……」

機関銃みたいなリズムで打つ心臓を胸の上から押さえて宥める。笙一は、今まで見たことのない沈痛な表情で「すいません」とまた口にした。目尻《めじり》にうっすら涙がにじんでいる。

「お母さんも、お酒飲むんだ？」

「たまに……あの、ほんと、すいません」

「きみが悪いんじゃないよ」

すいません、と聞こえる発音で繰り返す。知られたくなかったのだろう、笙一の全身もぶるぶるふるえていた。消えてしまいたい、という声にならない叫びがそのふるえから振動になって伝わってきた。悔しさ、みじめさ、いたたまれなさ。わたしは何度か深呼吸してようやく鍵《かぎ》を見つけるとセンサーに押しつけ、扉を開けた。

「おいで」

わたしより小柄《こがら》な身体に持ちきれないほどの痛みを抱え、それでも謝りに来てくれた彼を「もういいよ」と帰すことはできなかった。あの酔っぱらい女に警察を呼ばれたってていい。夫だって不倫しているのだから、わたしも好きにする。笙一は黙ってついてきた。

「どうぞ」

衝動的に家に上げたはいいが、以降の展開をまったく考えていなかった。魚の部屋に通したのは、見たら喜ぶかな、という実に単純な理由だった。

「これ、ネオンテトラ……あれ、タイマー壊れたのかな、いつもならライトもっと明るいんだけど」

暗い部屋の中、水槽照明がおぼろな光で水面を照らしている。笙一はその中を覗き込むと、軽く首を傾《かし》げた。

「思ったよりぴかぴかしてないと思ってる？」

「あ、はい」

「今は暗くなってるからね。発光する機能があるわけじゃなくて、光の反射であんなふうに鮮やかなの」

「暗いとこにいるほうがよく光るんだと思ってました」

「わたしも。ネオンっていうくらいだもんね。照明、強くしようか？　そしたらすぐ色変わって面白いよ」

いいす、とかぶりを振る。

「何かかわいそうなんで……あの、旦那さんに、挨拶しなくていいすか」

旦那さん、という単語を、異国の飴玉《あめだま》を転がすように口にした。留守だよと正直に言えば却ってうろたえさせる気がしたので「気にしなくていいから」とだけ答えた。

「旦那さんて、どんな人すか」

「んー……難しいな。広告代理店で働いてて、仕事の関係で知り合って、向こうから連絡先訊いてきて、遊びに行くようになって……」

この子が何を知りたいのか分からない。黙って魚たちの前に佇んでいると、不意に昔の記憶がよみがえってきた。

「……まだ結婚してなかった頃、デートの帰りに、乗ってた電車が停《と》まっちゃったことがあった。架線トラブルだったかな。非常灯のしょぼい明かりしかない中で一時間くらい閉じ込められた」

幸い、エアコンが止まってもそうつらくない時季ではあったが、わたしは疲れてうんざりしていた。

「その時、彼が『見て』って言った。車内は携帯を弄る人だらけで、液晶の光がそこらじゅうにあふれてた。わたしは蛍《ほたる》みたいだなと思ったけど、彼は『熱帯魚の水槽っぽい』って」

手のひらサイズの明かりが、覗き込む人の顔、せわしなく操作する人の手元を青白く照らす。シャッターを切る音もちらほらと聞こえた。電車が動き出し、駅に着けばたちまちばらばらになる群れ。

――変な光景。

暗がりで貴史が笑う。その笑顔に見とれ、ヒールを履いた足の痛みを忘れた。予定が狂うとすぐいらだつわたしと違って、彼は不測のトラブルに対して寛容だった。ドライブで渋滞に巻き込まれても「ちょうどいいから接待カラオケの練習するわ」と本気で歌い出し、わたしには「寝てな」と耳栓を手渡す、そういう人だった。だから好きになった。どうして忘れて、そしてどうしてこんな時に思い出すんだろう。

水底に敷き詰めた小石に、ちらほらと苔がはりついているのが見えた。ついこの間、念入りに掃除したばかりなのに、どうしてまた、と考えるそばからかすかな緑は水を含ませたようににじみ拡散していく。わたしは泣いていた。

「え、あの」

わたしの名前さえ呼べない笙一は立ち尽くす。わたしは何も言わなかった。何か口に出せば嗚咽《おえつ》してしまいそうだった。両頰《りょうほお》を伝い落ちた涙が顎《あご》の先で合流し、むずがゆくなる。

顔や身体つきと不釣り合いにごつい、テーピングを巻いた指が涙を拭う。指の背でそっとすくうようなスマートなやり方ではもちろんなく、たとえば落書きを慌ててこすってさらに汚してしまう、子どもの雑な仕草《しぐさ》そのものだった。そして濡れた指と自分の夏服を交互に見て、指をくわえる。服で拭《ふ》いたら失礼だと、彼なりに頭を働かせた結果なのかもしれない。

わたしの心臓は、確かにその時、胸じゃなくおなかの中でどくりと大きく鳴った。

夫は、ベタにもみじ饅頭《まんじゅう》を買って帰ってきた。

「ありがとう。さっそく緑茶淹《い》れて食べようか」

「珍しいな。夕方以降は絶対間食しないのに」

「いいの、何だか食べたい気分」

「うん、美和はストイックだから、もうちょい自分を甘やかしてもいいと思う。仕事だって、いつでも辞めちゃっていいんだしさ」

「貴史が知らないだけで、案外甘いよ」

「え、何だよそれ。気になる」

「ひみつー」

夫は楽しげだった。わたしも、演技じゃなく笑っていた。今でもこの人が好きだ。でも、この人がどんな夜を過ごしたのか、突き止めようとはもう思わない。


毎週月曜日の午後に通っているヨガスタジオが、上階からの水漏れとかで突然休講になった。そのお知らせがＬＩＮＥで届いた時点で、わたしはすでに家を出ていた。さてどうしよう。カフェ、本屋、公園、いろいろ考えたが、ウェアやヨガマットや水でバッグは重いし、雲行きも怪しいからまっすぐ帰ることにした。バスに乗り込むとしばらくして車窓《しゃそう》に雨の点が張りつき、雨の糸が引き、あっという間にまだらな水の筋で窓一面を濡らす。激しい雨足でアスファルトの路面は霧をしぶいたように白っぽく濁《にご》っていた。そういえば朝の天気予報で、梅雨《つゆ》の最後のひと降りとなりそうです、と言っていたっけ。降車ボタンを押すと薄暗い車内で妙に煌々と感じられた。

最寄りのバス停からは折りたたみ傘でしのぎ、マンションに帰り着いて鍵を開けると、玄関先に、わたしのものでも夫のものでもないスニーカーが二足、乱雑に脱ぎ捨てられていた。両方とも真っ白で、ひとつは有紗のものだとすぐに分かった。じゃあ、それよりすこし大きいもう一足は。

後ろ手でそっとドアを閉め、息を殺し中に入る。雨音は室内にまで充満していた。水槽がある部屋の扉が細く開いている。隙間から覗くと、床の上で衣服がもつれ合っていた。セーラー服と、男子の夏服。さらにその上では有紗と笙一が。

わたしは後ずさり、バッグを抱えたまま慎重に靴を履いて再び外に出ると非常階段の踊り場でしゃがみ込んだ。あらあら、とまさにどこぞの家政婦じみたコメントしか出てこない。今週、あの子たちは期末テストで昼までには終わる。有紗はわたしの生活サイクルを把握《はあく》しているし、合鍵は実家に置いてある。うちに来た晩、水槽しかない部屋に笙一は何らふしぎそうなようすを見せなかった。あれは、ひょっとして前にもここに来たことがあるから？　水槽に苔が生じていたのは有紗がカーテンを開けて自然光の中で魚を見せたから？　腹痛だと言って部活を休んだ日、本当はどこにいたの？「図書室、とか」の「とか」って、うちのこと？

なるほどねえ、と独り言《ひとごと》が洩れる。ねずみ色が渦巻く雲から雨はひっきりなしに降りそそぎ、わたしは空を仰いでひたすらに煙草が吸いたかった。遠くで稲妻がちかっと光り、有紗の素足がほの白く発光して見えたことを思い出した。

娘とお絵描きをしていると、ふだんほとんど鳴ることのないスマホに着信があった。

「美緒《みお》、ママ、ちょっとだけお話ししてくるから、ひとりで遊んでてくれる？」

「はーい」

上機嫌で頷く娘を残しベランダで「もしもし」と応答すると、有紗の平坦《へいたん》な声が聞こえた。

『笙ちゃんが死んだ』

久しぶりに聞く名前と唐突《とうとつ》すぎる消息に一瞬言葉が出なかった。でも、ほんの一瞬のことだ。

「どうして」

『バイクに乗ってる時、高速でトラックにぶつかっちゃったんだって』

「そう」

とわたしが答えると、急に声を詰まらせ『それだけ？』と問う。

「ほかに何を言えばいいの」

好きなところを好きなふうに走った結果なのかもしれないし、悲運とか悲劇とか、赤の他人が決める問題じゃない。暮れゆく空に細くたなびくばら色の雲を眺める。高台にあるこのマンションからは、きれいな碁盤の目状の新興住宅地と私鉄の線路が一望できた。街に明かりが灯《とも》り、ミニチュアみたいに見える電車もちいさな窓から光をこぼして家々の間を走っていく、この時間がわたしは好きだ。

『美和ちゃん、知ってたんじゃないの、わたしと笙ちゃんのこと』

「何の話？　ていうか用件はそれだけ？　そろそろ夕飯の買いものに行きたいんだけど」

『待って』

　有紗は叫ぶように訴えた。

『あの子に会わせて』

「駄目よ。約束したでしょう」

　一方的に通話を切り、面倒だから電源も落とした。彼女との連絡専用端末なので不都合はない。部屋に戻ると、こちらに背中を向けてお絵描きに熱中していた娘がぱっと振り返り「終わった？」と尋ねる。

「うん、お買いものに行こうか。何を描いてたの？　お姫さま？」

　ピンクとオレンジのドレスを身にまとい、黄色のティアラを頭に載せた女の子のクレヨン画を、美緒は得意げに広げてみせた。

「ママだよ！」

「ええ？　ママ、そんなかわいいかなあ」

「かわいいよ！　前のおゆうぎ会の時、ひなちゃんもあゆちゃんも言ってた！　美緒ちゃんのママがいちばん美人だねって」

「嬉しい、ありがとう」

わたしは美緒のやわらかな身体をぎゅうっと抱きしめる。娘にとって自慢のアクセサリーになるのはちっとも不快じゃない。若かりし頃、それなりに異性から投げかけられた称賛なんてこの誇らしさに比べれば何ほどのものか。

美緒としっかり手をつなぎ、出かけた。温かなかわいらしい手は、そこに血が通っているというだけで毎日無上の喜びを味わわせてくれる。

「ママ、川に寄り道してもいい？」

「いいよ」

あの夜。わたしとあの子の間には、もちろん何も起こらなかった。笙一はすぐに帰り、週明けにわたしは姪との性交を目撃した。

夫の浮気相手に抱いたような嫉妬《しっと》の感情は起こらなかった。当たり前だ、笙一を好きになってなどいない。ただいとおしく、この子の子どもが欲しいと思った。わたしをへたくそに慰めてくれた笙一の分身を大切に育てたい、渇望と呼べる強さでそう思った。けれど、仮に彼と交わっても、きっとわたしの卵ではうまくいかない――だったら有紗に産んでもらえばいい。非常階段で、その考えが雨のように落ちてきてわたしを潤《うるお》した。

有紗は知る由《よし》もないだろうが、ネオンテトラは、通常の飼育下ではまず繁殖させられない。仮に雌《めす》が卵を産んでもすぐ食べてしまうし、そこから運よく稚魚《ちぎょ》が孵《かえ》ったとしても結果は同じ。だから繁殖用の水槽を別に用意して産卵させる必要がある。わたしはそれまでのように仕事を選り好みせず片っ端から引き受け、ひんぱんに家を空けるようにした。でも、それだけだ。焚《た》きつけたりそそのかしたりした覚えはない。わたしがととのえた水槽で若い魚たちは交歓に耽り、翌年の春には有紗が「どうしよう」と泣きながらうちにやってきた。もう中絶できない週数で、母はパニックになり、父は苦虫を嚙みつぶしたような顔で沈黙し、姉はＳｋｙｐｅで「何やってんのもう」と相変わらず責任感のかけらもなく憤慨《ふんがい》していた。

わたしだけは有紗に寄り添った。母体を労《いたわ》り、励まし、頑として父親の名前を言わない姪をかばって、表向きは病気療養という理由で学校を休ませ、出産後は他県の中学に転校させる手続きも、それに伴う実家の転居もすべて手配した。そして生まれた赤ん坊を養子に迎え、自分たちも引っ越した。夫は、不倫の件を持ち出すとその場に土下座してわたしに許しを乞《こ》うた。ごめん、何でもするから許してくれ、絶対に別れたくない、と泣きながら繰り返す姿には正直驚いた。「子どももできないし離婚でいいよ」とあっさり捨てられるのが怖くて問い詰められずにいたのに。有紗の娘を夫婦の子として育てること、異動願を出して遠くへ移ること、の二点はすんなりと受け入れられ、前者に関しては心配も大きかったが、貴史はすぐ赤子に夢中になり、今も毎日美緒の写真を撮るほど溺愛《できあい》している。有紗の浅はかさを哀れに思う。でも、若いんだからまた産めばいい。今度こそ、自分の水槽で。

美緒が「川」と呼ぶ、ちいさな用水路に近づいてしゃがみ込む。

「魚、いないねえ」

「そうね。どんな魚がいてほしい？」

「ニモみたいなの！」

「うーん、ああいうきれいでちいさい魚は、きれいな水の中にしかいないの」

「そっかー」

ネオンテトラは、引っ越す前、何回かに分けトイレに流して処分した。子どもを手に入れた途端、水温や水質や掃除に気を配って世話をするのがばからしくなった。貴史には「知り合いにすこしずつ譲ってるの」とごまかした。わたしは怖い女だろうか。悪い女だろうか。別にどうでもいい。美緒のためによき母でいることだけが重要だから。

青信号で横断歩道に踏み出すと、大きなトラックが左折してくるところだった。思わず美緒の手をぎゅっと握り、後ずさる。しかしトラックは停車し、道を譲ってくれた。そもそも歩行者優先に決まっているのだが、強引に突っ込んでくるドライバーも多いからほっとして、わたしは会釈しながら通った。運転席を見上げると、えらく体格のいい女の人が豪快な笑顔とともに軽く片手を上げて応《こた》えてくれた。

「あ、ママ、一番星だよ」

「どこ?」

あそこ、と無邪気に天を指す子どもの父親が、もうこの世にいないことを思った。星を宿したように輝く大きな目に、かつての笙一の横顔を思った。あれからどんなふうに大人になったの? 好きな人はいた? わたしを覚えていた? わたしひとりならすこし泣いたかもしれない、でも美緒が傍《そば》にいるから泣かなかった。自分の幸せを嚙み締め、にぎやかなスーパーの明かりを目指した。

魔王の帰還

がらがら、と忙《せわ》しなくけたたましい音。ハムスターが超高速で回し車を疾走《しっそう》しているような。鉄二《てつじ》は夢うつつにそれを聞きながら、ああ姉ちゃんの音だ、と思ったが、すぐに「んなわけないよな」と思い直してすとんと眠りに落ちた。

朝、目が覚めた時にはそんなことなどすっかり忘れていたので、結婚して家を出たはずの姉が居間に鎮座《ちんざ》しているのを見た瞬間、思わず声が出た。

「うわっ」

ぬりかべみたいに大きく四角い背中がたちまち振り返る。

「いつまで寝とるんじゃ！」

起き抜けから重低音の一喝を浴び、条件反射で「ひっ」と後ずさりかけたがどうにか踏みとどまり「何だよ」と言い返す。

「七時だよ普通だよ俺もう朝練とかねーし、つうか姉ちゃんこそ何やってんだよ……」

堂々と反論したかったのに、早口なうえボリュームは尻すぼみになり「はっきり言わんか」とまた喝を飛ばされる。

「図体《ずうたい》は大きゅうなっても、相変わらずなよなよしとるのう。早う顔洗うてめしを食え」

何だ、盆でもないのに里帰り？　いや、まだ夢だったりして。冷たい水で顔を洗って居間に戻っても姉は依然存在し、姉以外にはありえない圧倒的な迫力でどんぶり片手にもりもり白飯をかっ込んでいた。その向かいで両親はそ知らぬ顔をしている。

おそるおそる席につき「どういうこと？」と再度問うてみると母が「見てのとおり帰ってきちゃったの」とため息混じりに答えた。

「離婚するんだって」

「ああ……」

自分の口から、気の抜けた情けない声が洩《も》れるのを聞いた。ついに来るべき時が来たのか、崩壊の予言が現実になったのを目の当たりにしたように脱力してしまう。

「もっと驚かんか！」

隣の姉がくわっと目を見開いたが、驚けるわけがない。むしろよく結婚したよ、この女と。もそもそ食事を始めると噛み締める間もなく「理由を訊け」と催促された。

「どうせお前のＤＶだろ」

「お前は今姉に向かって『お前』言うたんか？」

耳をがっと摑まれれば即座に「すいません何でもないです」と謝罪が口をついて出る。これはもう長年染《し》みついた隷属の習性だ。

「ん？　何じゃピアスなんか空《あ》けとるんか。頭は金髪じゃし、野球やめた途端に色気づきよって、どういう新装開店じゃ」

「痛いって！」

「こらそのへんにしときなさい、鉄二の耳がちぎれる。真央《まお》の場合はＤＶするつもりがなくてもなあ……」

「そうなのよね、ゴリラが小鳥をかわいがろうとして握りつぶしちゃったみたいな可能性も」

両親は至って真剣な面持ちで頷き合っていたが、姉は「はっはっは」と豪快に笑い飛ばす。戦国武将がいるよ。

「あの、うじうじしたちっさい男と暮らすんは飽いたんよ」

お前と比べりゃほとんどの男が小さいんだけどな、と今度は胸の中だけで突っ込んだ。

「それで、どうするんだ真央、これから。トラックの仕事は？」

父の問いに、「辞めたけぇ、しばらくはここでのんびりするわ」とこともなげに答える。

「傷心じゃけぇ労ってくれぇや。まずはお代わりじゃ」

「うちのエンゲル係数も労ってほしいんだけど」

どんぶりにこてこてと白飯を盛りながら母がぼやいた。

「この間鉄二が帰ってきてやっと三人分の量に慣れたとこなのに」

「張り合いがあるじゃろう」

「とりあえず鉄二はきょうのお昼、パンでも買って食べてね。お姉ちゃんがご飯食べ尽くしちゃったから」

黙って千円札を受け取ると急いで身支度《みじたく》を済ませて家を出た。鉄二自身まだ見慣れていない玄関に、姉の二十八センチのスニーカーとキャリーケースがあり、ゆうべがらがらうるさかったのはこれか、と納得した。二十七歳、身長百八十八センチ、体重怖くて訊けない、路上でファッション誌のカメラマンに声をかけられたことはないが総合格闘技（地下プロレスだったかも）からのスカウトはあった、占い師によると前世は古代ローマの剣闘士、名前は真央だがあだ名は「魔王」。そんな規格外の姉が、出戻ってきた。

授業中眠らずにいる、というのは鉄二にとって至難の業《わざ》だった。これまでのように部活で身体を酷使することもなく、夜も健やかに八時間の睡眠を確保しているのに、教科書の活字を追っていると条件反射的にまぶたが下がってくる。その日も二時間目の早々から記憶が途切れ、背中をそっとつつかれて目覚めた時、教室前方の時計は三時間目の終盤を指していた。

やべえ、また寝てた。のそっと上体を起こして振り返ると、まだ名前も覚えていない同級生が「あの」と怯《おび》えた表情で紙切れを差し出す。

「小テスト、後ろから回収しろって」

小テスト？　再び自分の机を見返すと、確かに二つ折りのプリントが置いてあった。おそらく、突っ伏して眠る腕の下にそっと差し入れられていたのだろう。その時点で起こせや、と思ったが、自分が悪いので仕方ない。小テストの科目は日本史、なのに鉄二の机には二時間目の古典の教科書とノートがそのままだった。

「先生、すいません、まだできてないんすけど」

片手を上げて申告すると教師は目を合わせずに「あした持ってきなさい」と答え、特に注意もしなかった。テストをテイクアウトOKにしてどうすんだよ。徒歩圏内にひとつだけある公立高校に新年度から通い始めたが、GWを過ぎても友達はおろか、気軽に言葉を交《か》わせる相手さえおらず、教師も鉄二を遠巻きにして居眠りを咎《とが》めない。百八十三センチ、日焼けして真っ黒な顔にピアス&短い金髪という外見が考えるまでもない主な原因で、そりゃ怖いよなとこちらから積極的に歩み寄るのも諦めた。登校して、寝て、休み時間には弁当を食って、午後も寝る。「非生産的」って今の俺のためにあるような言葉だな、とチャイムをぼんやり聞きながら考えた。野球に明け暮れて体力とカロリーを消費する生活に生産性があったとも思わないが、日々はあっという間に過ぎてこんなもの思いに耽《ふけ》る暇もなかった。でももう終わったことだ。見事なまでにひとつも解《と》けない小テストの設問を眺めていると、窓際のあたりで小さなざわめきが起こる。

――え、誰だろ、あれ。

――でかくね？

些細《ささい》な異変の気配に「なになに」と次々同級生が吸い寄せられていく。「あれで女？」という声が聞こえた瞬間、鉄二は立ち上がっていた。

「リアル『進撃の巨人』じゃん」

「そこまでじゃねーだろ」

「『八尺様《はっしゃくさま》』だよ」

「何それ」

「知らない？　ネットの怪談で超大女の妖怪《ようかい》みたいなの」

窓辺に群がる連中を尻目に教室を出て、三階から一階まで駆け下りた。あんなふうに取り沙汰《ざた》される女の心当たりはひとりしかいない。

「姉ちゃん！」

下駄箱《げたばこ》の前で、その張本人と出くわした。

「おう、ちょうどよかったわ」

姉の手からはハンカチに包まれた鉄二の弁当箱がぶら下がっている。

「やっぱり米が食いたかろうと思うてな、炊《た》いて持ってきてやったぞ」

余計なまねを、などともちろん口に出せるはずもないので「どうも」と素早く受け取ってお引き取りいただくつもりだったのに、なぜか「鉄二の教室はどこじゃ」と土足で校内に上がり込もうとする。

「何やってんだよ」

「せっかくじゃけ、ちょっと見学させえ」

「いや靴のままじゃ駄目だって」

必死で制止するとためらいなくスニーカーを脱ぎ、靴下で踏み入ってきた。

「ちょっと姉ちゃん」

「何階じゃ」

すでに行き交う生徒の耳目《じもく》をかなり集めている。この場に留まってこれ以上目立つのも教師に介入されるのもまずいと思い「見たらすぐ帰れよ！」と念押しして階段を先導した。誰かとすれ違うたび、後頭部に刺さる好奇の視線が痛いほどなのに、姉は頓着せず「ＪＫ時代を思い出すわ、懐《なつ》かしいのう」ときょろきょろしている。何がＪＫだよ、「人外の筋肉」か？

クラスじゅうの注目を（悪い意味で）浴びるのを覚悟して自分の教室に戻ると、さっきまでのざわめきが嘘のように静まり返って無人――いや、ひとりだけ残っていた。

「次、実験あるから化学室だよ」

住谷菜々子《すみたにななこ》、鉄二が唯一フルネームで覚えている女子がそっけなく告げると、教科書類と筆記用具を抱えて反対側の扉から出て行った。そうか、みんな教室移動でいないのか。

晒《さら》し者にならずにすんでよかった、と息をついた途端後頭部をばしっと叩かれて眼球が落下しそうになる。

「何だよ！」

「お前は親切にしてもらって何で礼を言わんのじゃ！」

「え、ああ……」

そうだった。鉄二がしょっちゅう寝ているから、実験の予定さえ聞き逃していることを想定して待っていてくれたのだろう。でも、住谷菜々子から話しかけられたのが初めてで、というか異性との会話そのものに慣れていないため面食らってしまった。どういうわけか彼女は鉄二と同程度にはクラスの中で浮いていて、おしゃべりする相手も一緒に弁当を食べる相手もいないようだった。だから、菜々子の名前だけは把握していた。

「ほれ、さっさと行ってありがとう言うてけぇ！」

「分かってるよ、つーか四時間目始まるからまじで帰れ、猟友会呼ばれる前に！」

姉の鉄拳《てっけん》をどうにかかわしてチャイムと同時に化学室に走り込み、腫《は》れ物扱いのまま、目の前で進行していく実験を眺めていた。菜々子とは別の班で、話すチャンスはなかった。昼休みも午後の授業中もずっと心に引っかかりつつ、見た目と裏腹に小心な鉄二は気安く女子に話しかけられない。自分が動くといやでも目立つから却って迷惑かもしれない、怖がられるかもしれない、改まってお礼なんか言ったら「狙《ねら》ってんの？　キモ」って引かれるかもしれない……せめて人目のない場所でふたりきりになれば切り出せるかもしれないがそんな機会が巡ってくるはずもなく、時折ちらちらと菜々子を窺うので精いっぱいだった。彼女はたいてい頬づえをつき、休み時間ならイヤホンで何かを聴いている。眼差しは特に寂しそうでも退屈そうでもなく、曖昧《あいまい》に宙を漂っていた。鉄二と違ってごく普通の外見で、悪い言い方をすれば量産型のＪＫにしか見えないのになぜ孤立しているのか、そしてなぜわざわざ声をかけてくれたのか、疑問を解明できないまま放課後を迎え家に帰った瞬間「早い！」と姉の叱声《しっせい》が飛んでくる。帰りが遅くて叱られるのならともかく、納得いかない。

「まだ四時にもなっとらんぞ」

「いや別にやることねーから」

「ほう、じゃあわしにこの町を案内せえ」

帰宅早々に再び引っ立てられてしまった。

「体力バカが暇を持て余すとろくなことせんからのう、振り込め詐欺《さぎ》の受け子にでも手ぇ出されたらおえりゃーせん」

「するか！」

姉という名のＵＭＡを連れての散歩など恥ずかしいことこの上なかったが、しばらくはここにいるというのだから早めに目撃情報を拡散してもらったほうが得策かもしれない。

「案内って言われても、春引っ越してきたばっかだから俺も知らねえし、ここらへん特に何もねえぞ」

父の転勤に伴って三月から移り住んだ地方都市にあるものといえば、駅前に父が働く大型スーパーとパチンコ屋、後はしょぼい商店街と、小高い丘の上の城址《じょうし》に当時の遺構や石垣が残っている程度だ。城下町の風情《ふぜい》を残す、といえば聞こえだけはいい木造の一軒家がこぢんまりと並び、それが途切れるとあとはひたすら田畑や池ばかりの景色が続く。

「ええため池が多いのう」とぶらつきながら姉が言う。

「ぼうふらがわくぞ」

「ため池じゃなくて養殖池だってよ。このへん、金魚の養殖やってるから」

一応、「金魚の里」として駅ナカのコンビニにそれらしい土産物が売っていたり、マンホールに金魚が描いてあったり、海も山もない土地の唯一のセールスポイントではあるらしかった。そのまま商店街をそぞろ歩いていると姉が「おっ」と急に足を止める。

「何だよ」

見てみい、と指差した先は古ぼけた駄菓子屋で、昭和という時代にかすってもいない鉄二にも何ともいえない懐かしさを呼び覚ます佇まいではあったが、もう駄菓子で喜ぶ年じゃない。

「いらねえよ」

「ちゃう、店の奥見てみい」

ガラスを嵌《は》めた引き戸が半分開いており、小さな飴やらガムやらの商品がひしめき合っているのが覗けた。そしてそのさらに奥の小上がりに、店番らしき人間がちょこんと座っている。

「お前の同級生じゃろうが」

「あ」

言われてみれば確かに菜々子だった。私服に着替えていたが、どこを見ているのかいないのか謎な目つきは変わらない。

「ちゃんと礼を言うたか」

「いや、えっと」

「このぐずが」

姉は否応《いやおう》なく鉄二の手を引っ張り、店の中に引きずっていった。

「ちょっと、姉ちゃん！」

「おう、元気にしょーるか？」

いきなり知り合いレベルの挨拶《あいさつ》をされ、菜々子は目を丸くして姉と鉄二を見つめた。鉄二は限りなく消極的な「こんにちは」を発するのがやっとだ。

「昼間はうちの弟が世話になったのう、ほれ、ちゃんと言え」

どんっと肩を突かれて目の前に押し出されると、女子のつややかな髪の毛や薄い肩、鉄二の握《にぎ》り拳《こぶし》より小さな膝頭《ひざがしら》が間近で、一気に顔が熱くなるのが分かった。

「ど、どうも、その節は……」

「何でありがとうがさらっと言えんのじゃ！」

反対の肩にパンチを入れられ、痛みに呻《うめ》くと菜々子が「いいです」と慌てて立ち上がった。

「そんな大したことじゃないですから……森山《もりやま》くん、お姉さんいたんだ。知らなかった」

「ゆうべ帰ってきたところじゃ。鉄二はこんなイキったナリじゃけど、女とろくにしゃべったこともないようなヘタレじゃけ、怖がらんと仲ようしてやってくれ」

姉ががばっと頭を下げても、菜々子よりまだ頭が高い。鉄二はいたたまれなさにこの場から逃げ出して十キロくらいダッシュしたくなったが、菜々子はくすっと笑いながら「住谷菜々子です、よろしくお願いします」とお辞儀をし返した。

「よし、よかったのう鉄二。ここは菜々子の家か？」

「はい。おばあちゃんがやってるんですけど、最近ちょくちょく入院するようになって」

「そうか、わしらも売り上げに貢献せにゃならんの」

姉が棚を物色していると、数人の子どもが店内に入りかけてびくっと足を止めるのが見えた。むしろ営業妨害じゃねえかと思ったが、彼らは様子見しつつそろりと忍び入り、姉が何の反応も示さないのを確認すると安心したのか、ゲームの話をしながら小袋のスナック菓子やチョコレートを次々摑んで買っていた。ああ、あれまだ売ってるんだ、俺も昔好きだったな、鉄二がしみじみとその光景を眺めていると出入り口のところで子どもたちはくるっと振り返り、小さく、しかしはっきり「やりまーん」と言った。

目と耳の両方を疑った。しかし聞き間違いじゃないし、菜々子に向けた小馬鹿《こばか》にするような笑顔も見間違いじゃない。その証拠に、菜々子の目からふっと生気が失《う》せるのが分かった。何だこいつら。愕然《がくぜん》とする鉄二をよそに、姉の反応は早かった。

「お前ら何言いよんならっ!!」

店じゅうに轟《とどろ》く怒鳴り声を上げると、羆《ひぐま》に遭遇したように固まるガキどもに「今、何ちゅうた」と詰め寄った。鉄二でさえおっかないのだから、いわんやちびっ子をやで、今にも失禁しそうに膝をふるわせながらそれでも年長らしきひとりが「やりまん、です……」と蚊の鳴くような声で答える。

「意味分かって言うたんか」

「知らない、お兄ちゃんが言ってたから」

「ほなお前、家帰って自分のおかんに言うてみい。分からんのやったら言えるやろ」

そう、確《しか》と理解していなくても、悪意のある言葉だと察しはついている。子どもはぎゅっと唇を噛んで俯《うつむ》いた。その後ろでは涙を浮かべる者もいて、鉄二は警察に通報されやしないかと心配になってきた。どう説明しても十対ゼロでこっちが悪者にされる。しかし姉はお構いなしで「自分の母親に言えんことをよその女に言うてええわけなかろうが」と叱る。

「お前の兄ちゃんがいけん。でもお前もいけん。今度兄ちゃんがその言葉使うたらわしが締めちゃるけえ、三丁目の森山まで来るように言うとけ。分かったか？」

がくがくと何度も頷いた子どもたちが、姉の「よし、行ってええぞ」というひと声で一目散に逃げ去っていく。鉄二ははーっとため息をついた。あいつら言うかな、言うよな、駄菓子屋でとんでもない怪物に遭遇したって。狭い町で瞬《また》く間に広まるだろう恐怖伝説を思うと憂鬱《ゆううつ》で仕方なかったが、張本人はけろっとして菜々子に向き直る。菜々子は困惑を浮かべ、尋ねた。

「わたしがまじでヤリマンだったらどうします？」

姉は動じず「どうもせん」と答えた。

「ほんまのことやったら何言うてもええ、ちゅうことにはならんじゃろ。何じゃ、ヤリマンなんか」

「違います、むしろ処女です」

「そうか、うちの弟も童貞じゃ」

「おい関係ねーだろ！」

鉄二が焦って抗議すると、ようやく菜々子の表情が緩《ゆる》み「ありがとうございます」とぺこっと頭を下げた。

「おばあちゃんが店番してる時、ちょこちょこ万引きがあったみたいなんです。目も耳も弱ってるから……わたしがいると監視厳しくて、うまくいかないからむかついてるみたい」

「性根を叩き直さないかんの、わしが店番してやろうか？」

「やめろ、潰《つぶ》れるぞ」

「しかしものの値段を覚えるのが大変そうじゃのう……あの向こうは物置か何かか？」

棚の奥まったところにドア一枚分の隙間があり、カーテンが吊《つ》るされている。

「あ、そこ、金魚すくいのコーナーです。やってみます？」

菜々子がじゃっとカーテンを開け「どうぞ」と促《うなが》す。祭りの屋台でよく見る、青い長方形の水槽があり、赤や黒の小さな金魚がそよぐように泳いでいた。

「さっきのお礼に一回サービスします」

姉にポイの入ったプラスチック容器を手渡すと、菜々子は網を取り出し、水面で腹を見せて浮いていた数匹の金魚をさっと回収して床に落とした。剝《む》き出しのコンクリートに排水溝が作られていて、そこから流れる仕組みになっているようだ。

「よし」

姉がしゃがみ込むと、そよそよ水中をたなびいていた金魚の隊列が一斉に乱れて散っていく。そりゃそうだ、人間だって逃げ出すもんな。

「反対側で構えたほうがいいですね。水槽に影が落ちるようにして、しばらくじっとしてててください。金魚が、安全だと思って寄ってくるんで」

「案外賢いんやの」

姉は水槽の向かい側に移動し、殺し屋のような目つきで獲物に狙いを定めポイを突っ込んだが、すくい上げるより先に金魚の抵抗であっけなく破れた。

「おえん！」

「こつがあるんですよ」

本気で悔しがる姉の隣に菜々子がすっと屈《かが》み、新しいポイを大胆な手つきで水中に沈める。

「濡れた部分と乾いてる部分があるから破れやすくなるんです。こうして全部濡らしちゃえば意外と大丈夫。構えは水面に対して水平じゃなくて縦、魚を追いかけるんじゃなくて迎えに行って、器の中に誘導する感じで……」

こう、と手首をひらめかせるとあっという間に三匹の金魚をゲットしてしまった。

「おお、すげえ」

「うまいもんじゃのう」

「こんなのすぐできるようになりますよ」

菜々子は照れつつ「お茶入れてきますね」と立ち上がり、カーテンの向こうに消える。すると姉が顎をしゃくって無言で追うように命じた。「え、なに」と小声で問うと「てごうせえちゅうとんじゃ」と怒られた。

「わしゃあ金魚を観察しとるけぇ、しばらくふたりでご歓談せえ」

手伝えと言われても。小上がりのところでうろうろためらっている間に、菜々子が戻ってきた。

「お姉さんは?」

「や、あの、金魚見てるからちょっとそっとしといてほしいって」

「ふーん、じゃあ森山くんだけでも麦茶どうぞ」

座れば、と言われ、そろそろと隣に腰を下ろしてグラスを受け取る。女子とこんなに接近したのも、会話したのもいつぶりか覚えていないので何の話題も浮かばなかったが、とにかくこの空気を肺がはち切れるほど吸い込んでおかなければとは思った。

「いいお姉さんだね」

即座に肯定するにはなかなか抵抗のあるお言葉だったので黙っていると、菜々子は「自分がかばってもらったから言うんじゃないよ」とつけ加える。

「金魚の死骸《しがい》捨てた時、手合わせてたでしょ。わたしは慣れちゃって何とも思わなくなってたから、ちょっと反省した。見た目インパクトあるけど、優しい人なんだね。でもお姉さんだけ訛《なま》ってるのはどこの方言？　『おえん』ってどういう意味？」

「岡山。『おえん』は駄目とか手に負えないとか、そんな感じ。親の仕事の都合で、姉ちゃんが小学校卒業するまで暮らしてて、未《いま》だにひとりだけ抜けてない」

「そうなんだ。似合うし、いいんじゃない？」

花柄のグラスから麦茶をひと口飲むと「わたしは去年の秋に越してきたんだ」と言う。

「親が離婚して母親に引き取られたのが小五の時、お母さんが再婚して新しいお父さんと暮らし始めたのが中二の時――お父さんが夜、ベッドの中に潜《もぐ》り込んできて服を脱がそうとしたからスマホの角でがんがん頭殴って股間蹴《こかんけ》って、夢中で逃げたのが去年の夏」

いきなり話がヘビーになり、鉄二は何のリアクションも取れずに硬直したが、菜々子は特に反応を求めるでもなく話し続けた。

「それでもお母さんはお父さんと一緒にいたいんだって。わたしだけおばあちゃんちに引き取られて、お母さんは、娘を捨てたって言われたくなかったんだろうね、『菜々子が夫を誘惑するから置いとけなくなった』ってあちこちに言いふらしたの。もちろんおばあちゃんは怒ったし、信じない人がほとんどだったけど、駄目だね、こういうのは。十人中ひとりでも真に受けたらおしまいなんだよ。あっという間に拡散されて事実になるの」

だからヤリマン呼ばわりされ、クラスでも腫れ物扱いになったというわけか。しかし気《け》怠《だる》そうに片膝《かたひざ》を抱えた菜々子の口ぶりに悲愴《ひそう》感はない。ショートパンツから伸びる脚は、姉と同じ生き物とは思えないほど頼りなかった。

「お姉さんみたいに怒って訂正して回ったらいいのかもしんないけど、なーんかやる気出なくてさ」

「わかる」

考えるより先に口にしていた。ぽろりとこぼれたそのひと言は鉄二自身思いもよらないほどの確信に満ちていて、菜々子は目を見開きじっとこちらを見つめている。あなたに何が？　と問いかけている。「何でもない」とごまかすのは不可能だった。鉄二は麦茶のグラスが自分の手のひらをじっとりと湿らせるのを感じながら、たどたどしく言葉をつないだ。

「気持ちで勝つとか負けるとか、あるから」

「体育会系でよく言うやつ？」

「うん……お母さんは、新しいお父さんとうまくやっていきたくて、そのためなら嘘ついて娘をディスってもいいって思った。いい悪いじゃなくて、その気持ちの強さに住谷さんは勝ててないんだと思う。住谷さんの、ここで楽しくやっていきたいみたいな気持ちが。だから力吸い取られてやる気出なくなる。気持ちって物理なんだと思う」

菜々子は瞬《まばた》きもせず鉄二の話を聞いていた。やがて片膝を抱えたまま背中を後ろに傾け

「そっかー」とつぶやく。

「気持ちで負ける、かあ。そうだね。わたし、お母さんみたいになりふり構わないのって無理だ。うん、納得した」

ああよかった、見当違いなこと言ってないみたいで。ほっとしたのも束の間、「これからどうすればいいと思う？」とさらに突っ込まれ答えに窮した。スマートに回答できるほどの頭も人生経験もないので「楽しい思い出を作る？」と質問口調で返すしかなかった。菜々子は落胆した様子は見せず「なるほどー」と笑う。夢じゃないかな、と思った。つい数ヵ月前まで汗と涙と男と野球しか世界には存在しなかった、そんな俺が、女子とふたりっきりでまあまあまともにしゃべって、笑いかけてもらってるなんて。でも菜々子は陽射《ひざ》しが雲に遮《さえぎ》られるようにふっと笑みを翳《かげ》らせ、言った。

「春休み、上履き持って帰るの忘れてて、学校に取りに行ったんだよね。雨だったからバド部が廊下で室内練習してて、顧問が『新学期からやばいのが転校してくるぞ』って笑いながら話してた。『高校球児だけど、暴力事件起こして春の選抜出場濃厚だったのにぶち壊して、学校にいられなくなったやつ』」

なるほど、と今度は鉄二が納得する番だった。始業式の段階で見た目以上にびびられている実感はあり、田舎《いなか》は噂《うわさ》が早いってまじだな、とぼっちの高校生活を覚悟した。情報源が判明したところでどうにもできないが。

まじ最悪、と菜々子が嫌悪をあらわにする。鉄二は迷ったが「でも、俺の場合嘘じゃないから」と打ち明けた。

「え？」

「暴力事件も、甲子園駄目にしたのも、ガチ」

それは事実で、ただ、鉄二の中にある「本当のこと」はそれだけではなかったが、自分自身整理のついていない出来事をきちんと説明できる自信がなかった。はっきり言うと、感情が昂《たか》ぶって涙ぐんでしまったりすると恥ずかしい。菜々子はしばらく探るように鉄二を見ていたが、やがて「そう」と軽く頷く。

「けどわたし、森山くんのこと怖くないよ。あのお姉さんの弟だし、大丈夫だと思う」

自分の人間性が、あの魔王によって担保《たんぽ》されるというのは何とも複雑な心境だった。噂をすれば当の姉がカーテンを開け、でかい身体を押し込め出てくるなり「菜々子、あれは何なら」と問う。

「金魚すくい選手権ちゅうポスターが貼《は》ってあったぞ」

「ああ、毎年八月にあるみたいですよ。県外からも結構参加者きて、一応地元の一大イベント的な」

「どうやって出たらええんじゃ」

「三人ひと組で三千円払えばエントリーできますけど。うちの店にも用紙置いてます」

「よし」

姉が腕組みすると、半袖のポロシャツからは小学生の太ももくらいの上腕二頭筋が盛り上がる。

「出るぞ、鉄二。目指すは優勝じゃ」

「は？」

「何か目標がないと若者は腐るけぇ。心配せられな、もちろんわしも一緒に出る」

「それが一番心配、つかいやなんだよ！」

「あのー」と菜々子が遠慮がちに片手を上げる。

「三人目は？」

「もちろん菜々子じゃ」

「まじですか？」

なぜか嬉しそうだった。

「え、住谷さん、いいの？」

「だって森山くん、楽しい思い出作れって言ったじゃん」

作れ、とは言っていないし、楽しい思い出になるのかも怪しい。しかし姉が何かを決めた時に弟から口を差し挟む余地は金箔一枚分もなく、十七歳の夏の目標が強制的に設定されてしまった。

森山姉弟は週三のペースで菜々子の店に通い、金魚すくいの練習をすることになった。菜々子によると、金魚すくいの大会を催す都市は全国にいくつもあり、その中では小規模なほうらしい。自分たちが出入りするせいでほかの常連客を蹴散らす結果になるのでは、と鉄二は危惧《きぐ》したが、子どもたちは初めおそるおそる、すぐに堂々とやってきて姉と鉄二に慣れた。どころか姉を見つけると「魔王だ！」と子犬のようにじゃれついていく。存在自体がアトラクションな姉はＳｗｉｔｃｈに負けず劣《おと》らず面白いのか、肩車をねだったり隠れんぼに誘ったり、その流れで鉄二までキャッチボールにつき合わされる日もあった。高二男子の放課後の過ごし方として正しいのか甚だ不安ではあったが、ちびっ子相手とはいえバットの振り方を教えて尊敬の眼差しを集めるのは悪い気分じゃなかった。学校では相変わらず遠巻きにされていたが、菜々子とだけは話せるし。

金魚すくいは、やってみると難しい。姉も鉄二も単純にでかいので、ポイを水につける動作ひとつとっても魚たちを警戒させてしまうようだった。さっと身を翻す赤や黒の、すくいやすそうな塊《かたまり》を見つけてそこをめがける動きもまた水流を乱して群れがばらけてしまう。やわらかくさりげなく、容れ物の中へ金魚を導くのがいちばんうまいのは菜々子だった。しなやかに動く白い手に水面が網目の影を落として揺らめくさまを、美しいと思った。空がきれいだとか海がきれいだとか単純に思うのとは違って、自分の感情に自分で気恥ずかしくなる、生まれて初めてのひそやかな気持ちだった。

野球漬けの人生から野球が取り除かれ、ぽっかり空いた穴をぼんやり眺めているだけだった日々が、他愛《たわい》なくささやかなものたちで、少しずつ、確かに埋められていく。後ろ髪を引かれるような寂しさと安堵の両方を感じた。


梅雨のまっただ中、六月の終わりのことだった。風呂上がりに喉が渇いて台所に向かうと、母と姉の話し声が聞こえてきた。

「真央、あんた、勇《いさむ》さんとはほんとに駄目になっちゃったの」

「何じゃ、急に」

「急じゃないわよ、単なる夫婦喧嘩《げんか》かもしれないと思って様子見てたら、全然帰る気配ないから……何があったか知らないけど、勇さんはいい人じゃないの。あんたを嫁にもらおうなんて人類は後にも先にもきっとあの人だけよ？」

「それが娘に向かって言うことか」

「母親だからこそ心を鬼にしてるの！　悪いこと言わないから仲直りしなさいよ」

「ええんよ」

姉は、ぽつっとひと言だけ答えた。それは雨滴《うてき》が落ちてきたような響きで、鉄二は思わずぴゃっと首を縮め、それから足音を殺して二階の自室に上がった。どうしてだろう、姉の顔を見るのが怖かった。ええんよ、ってどういう意味だろう。ベッドに座り込んでしばらく考えていると、廊下を挟んで向かいの部屋に姉が戻ってきたので思いきって襖《ふすま》の外から声をかける。

「姉ちゃん、風呂空いた」

「おう、鉄二、ちょっと入れや」

姉は畳の上であぐらをかき、どう見ても業務用な甲類焼酎《しょうちゅう》のボトルを片手に晩酌をするところだった。山賊の宴か？

「酒がでけえよ……」

「座ってちょっと相手せえや、飲めとは言わんけぇ」

仕方なく正面に腰を下ろし、グラスに酒を注ぐ。姉の手の中にあると、ロックグラスもお猪口《ちょこ》に見えた。

「こないだの、暇じゃったけぇ、菜々子に教えてもらった金魚の競《せ》りを見に行ったんよ」

「へえ、何か面白かった？」

「全然分からん」

焼酎をストレートでぐびっと飲んで、姉は笑った。

「プールみたいな広い水槽に板が渡してあって、金魚がびっしり入った木箱がぎょうさん浮かんどるんよ。そしたら、水上プレハブ小屋みたいなとこにおっさんらが集って、『小赤』やら『和金』やら……六円とか十円とか五百円とか幅のある値段が飛び交っとって、素人《しろうと》にはおえりゃーせん。プールの外には金魚が入ったビニール袋が置いてあって、でかいのもおった。ありゃ鯉《こい》なんかのう」

金魚と鯉は違うのだろうか。一定以上の大きさのイルカがクジラに分類されるようにざっくりとしたものなのか、それともはっきりと別の種族なのか。

「ビニール袋の中じゃけぇ、水が少ないんよ。身体全部浸《つ》かりきらんと口ぱくぱくさせとって……何や、わしみたいじゃな、て思うた」

「何だそれ」

姉の言わんとすることが真剣に理解できず、鉄二は首をひねった。大体、普通の人間が金魚ならお前はピラルクあたりだぞ。

「分からんでええ」

姉はそれ以上説明しようとはせず、手酌《てじゃく》で二杯目の焼酎を呷《あお》った。

あんな魔王にも、一応それなりに女心らしきものがあるのだろうか。鉄二は昼休み、菜々子に話してみた。

「お姉さんの旦那さんってどんな人?」

「んー……ひと言で言うと、作画が違うって感じ」

「何それ」

「だから、姉ちゃんが劇画だとすると、新聞の四コマみたいな」

「それ両方ディスってない？」

「違うよ」

姉の夫が挨拶に来た日のことを、よく覚えている。鉄二は中学二年生だった。さぞかし裏ボスの風格にあふれたたくましいお相手に違いない、と両親とともに身構えていたのだが、現れたのは小柄でひょろっとした、姉のくしゃみ一発で吹っ飛びそうな風貌《ふうぼう》の男だった。なのに名前が勇、と聞いた時には吹き出しそうになった。魔王と勇者、キャラに無理ありすぎだろ。しかも出会いは合コンだという。普通かよ。

——いつもは気後れして行かないんですが、テニスのシャラポワみたいな女性が来る、と聞いて、どうしても興味が湧《わ》いて……。

シャラポワってそれ、身長だけの話な。合コン幹事の悪ふざけとしか思えなかったが、勇は「勇気を出してよかったです」と色白の頬を赤らめた。信じがたいことにどうやらガチだ、と父母弟の三人は視線で語り合った。そこからは何の障害もなく「気が変わらないうちにどうぞどうぞ」と前のめりに両者を祝福し、姉と勇は晴れて夫婦になった。式や披露宴はしなかったし、鉄二が高校から寮に入ったのと、姉もトラックドライバーの仕事が不規則だったため、勇とは数えるほどしか顔を合わせていない。でもそのたびぎこちなく

「野球が得意なんだって?」とか「スポーツ推薦なんてすごいよ」と話しかけてくれたので、印象はよかった。

「確かにちょっと変だよねえ」

腹の足しになるのか謎なサイズの弁当をつつきながら菜々子は言った。これで食べ終わるスピードは鉄二より遅いのだから、女子とは不思議な生き物だと思う。

「あのお姉さんがそんな筋の通らない別れ方するとは思えないもん。旦那さんにこっそり連絡取れないの?」

「無理。俺、勇さんの電話番号とか知らないし、親に訊いたら絶対姉ちゃんに話が行くだろうし」

「んー、じゃあもうお姉さんにずばっと訊いてみなよ。弟になら言えるってこともあるかもしれないし」

姉の夫婦関係について突っ込むのは、いろんな意味できつい。それに、もし勇の浮気が原因だったりした日には正直慰めようもない。

「住谷さんから話してくんない」

「それは距離感がおかしすぎるよ」

解決策が見つからないまま、期末試験が近いので(どうせ勉強などしないが)駄菓子屋に寄らずまっすぐ帰ると母が話しかけてくる。

「おかえり鉄二、爪切《つめき》り見なかった爪切り」

「知らねえ」

「じゃあ真央の部屋かな、ちょっと探してきて。今お姉ちゃん出かけてるから」

「帰ってきてから訊けよ」

「駄目、どうしても今すぐ切りたいの、そういうことってあるでしょ」

まったく共感できないまま、何となく忍び足で姉の部屋に入ると、雑誌やマグカップが雑然と置かれた折り畳みテーブルの上を漁《あさ》る。その拍子《ひょうし》に雑誌の下から、「離婚」と印字してある紙が覗き、鉄二は思わずそれを引き抜いた。書類を挟んだクリアファイルが出てくる。

離婚届だ。生まれて初めて現物を見た。勇の署名だけがあり、姉が記入する箇所は空白のままだった。そしてやけにぶ厚い。後ろめたさより、何だよこれという気持ちが勝り、ファイルの中身を取り出す。

全部離婚届だった。そして全部勇の欄のみ埋まっている。姉のほうで愛想を尽かしたような口ぶりだったのに、これを見る限り離婚の意思は勇にあるとしか思えない。それにしても何でこんな大量に？

クリアファイルを元の場所に戻し、母親に爪切りを渡してから部屋でひとり考えた。勇の心変わりで離婚を申し出る、姉は夫が悪者にならないよう嘘をつく——可能性はあると思う。でも、二、三十枚はあった、あの離婚届の束《たば》はどういうことなのか。勇が執拗《しつよう》に離婚を迫るところも、姉がそれを拒《こば》むところも想像できなかった。別れたいという相手にしがみつく魔王じゃないはずだ。それとも自分がまだ子どもだから、夫婦の何かを見誤っているのか？　鉄二の頭の中には「離婚届」の三文字の活字が彫り込まれたように消えない。

期末の最終日、「きょうお店来る？」と机に近寄ってきた菜々子に、鉄二は「ちょっと行くとこがある」と答えた。

「どこ？」

リュックの中から一枚のはがきを取り出す。

「勇さん……姉ちゃんの旦那の母親から届いた年賀状に住所書いてあった。ハローページ見たけど電話番号は載ってなかったから、直接ここに行って勇さんの母ちゃんに話聞いてみようと思って」

ＪＲと私鉄を乗り継いで二時間くらいかかる距離だったので、さすがに試験が終わるまでは動けないと我慢していた。

「よし、じゃあ今から行こう。きょう、おばあちゃんにお店頼む」

菜々子が即座に乗ってきたので驚いた。一緒に来てくれればそれは心強いのだけれど。

「いいの？」

「え、誘ってくれたんじゃないの？」

「でも、留守かもしんない。空振りだったら悪い」

「その時はその時だよ」

ほらほら、と急《せ》き立てられるように学校を出発し、電車に乗って勇の実家に向かった。

制服のまま遠出するつもりがなかった鉄二は内心ちょっとびくついていたが、菜々子は気にするそぶりもなく、インカメラで自撮りに励んでいる。

乗り換え駅の構内で立ち食いそば屋に寄って昼を済ませ、スマホのナビでいたってあっさりと勇の実家マンションまで行き着いた。あまりにスムーズすぎて心の準備が整っていない。

「どうしよう？」

「インターホン鳴らしなよ」と菜々子が促す。

「いや勇さんち母子家庭で、勇さんより弱々しい感じの母ちゃんだったから、びびらせんじゃないかって……俺、髪色とかだいぶ変わってっし」

「じゃあわたしが鳴らす、どこ？　四〇一？」

鉄二の心の準備を待たずに菜々子が部屋番号と呼び出しボタンを素早く押し、そしてまたもスムーズに『はい』と応答された、されてしまった。

帰りの車内で、菜々子は無言だった。鉄二もしゃべらなかった。西に傾きかけた太陽がブラインド越しにも背中を炙ってくる。往路は意識しなかったせみの声がじいじいうるさい。外の炎天と対照的に薄暗い車両のどこを見ているというわけでもなくぼんやりしていると、菜々子が不意に「気になる?」と中吊《なかづ》り広告を指差した。「夏の甲子園全力特集」と書かれた野球雑誌のPRで、言われるまで気づきもしなかった。

「全然」

これから地方予選もヤマ場だが、元母校の勝敗にも心底興味がない。

「野球、そんなに好きじゃねえから」

「でも強い高校だったんでしょ、なかなか入れるところじゃないって聞いたことある」

幼い頃の鉄二は図体だけでかくて臆病《おくびょう》で(要は今とそう変わらない)、毎日のように泣かされて帰ってくる弟に業《ごう》を煮やした姉が地元の少年野球チームに強引に加入させたのが始まりだった。当然、鉄二はいやがって泣きじゃくったが、「野球に行くんとわしにしばかれるんとどっちを選ぶ?」と地獄の二択を迫られた結果前者を選び、いやいや通って鍛《きた》えられていくうち、自分のフィジカルがほかの子どもたちより明らかに優れていることに遅まきながら気づいた。速く走り、高く跳び、力強くバットを振り、何よりタフだった。いつの間にか鉄二はどんな厳しい練習にも音を上げなくなり、小中とそれなりの結果を残して強豪校のスカウトの目に留まった。

「かっこつけてるわけじゃなくて、まじで、姉ちゃんが怖いからずっと続けてただけ。途中でサッカーに移んのとかだるいだろ、また一からやり直さなきゃだし。それで、まあ、勉強しなくていいんならって感じ？」

「でも高校にも鬼監督とかいるんじゃないの」

「監督つか、先輩？　夜まで練習して風呂入ってめし食った後で『ユニフォーム洗っとけ』って俺らに言うわけ。『朝練までに絶対乾かしとけよ』って。でも一年って乾燥機使わせてもらえねえんだよ」

「どうすんの？」

「ユニフォーム両手で持って、鯉《こい》のぼりみたいにしてグラウンド走って乾かす」

「まじでか！」

菜々子は手を叩いて笑ってから「ごめん」と真顔で謝る。

「笑いごとじゃない、やばいね体育会系、寝られないじゃん」

「授業中爆睡してるから」

教師も黙認していたし、あそこは「そういう場所」なのだと思うしかなかった。たかだか一、二歳の年齢差と野球の実力、その序列がすべてを決める。それなりの者たちが集められたはずの池にも、悠然と泳ぐ錦鯉とひと山いくらの雑魚の格差が歴然と存在した。鉄二はとにかく頑丈だったたし、監督の罵声も上級生の無茶ぶりも姉ほどには恐ろしく感じなかったのでさしたる問題もなく過ごしていた。池の中で一軍に上がりたいとかレギュラーを獲《と》りたいとは特に思わなかった。

八人部屋の寮生活で初めてできた友達はスカウト生ではなく、テストに合格したセレクション組だった。駿足だが背が低く骨格も華奢《きゃしゃ》で、猛練習の後で食事を詰め込むと吐《は》いてしまうのでなかなか筋肉もつかない、はっきり言うと一番安い部類の金魚だ。どんなに熱意と努力でカバーしようとしても、肉体がついてこない。それでも憧《あこが》れの野球部で何とか食らいついていこうと、毎日泥まみれで耐える友達はすぐに上級生のターゲットにされた。挨拶の声が小さいとか頭を下げる角度がなってないとか、くだらないことで因縁《いんねん》をつけられ、頭を小突かれ、尻を蹴飛ばされる。何十人分のパシリを言いつけられる。ほかの一年生は見て見ぬふりをし、鉄二が「コーチに言おうか」と提案すると「やめてくれ」と必死で止めてきた。

——面倒起こすやつは辞めてくれって言われるに決まってる。俺なんかただでさえ落ちこぼれなんだから。鉄二はせっかく才能あるんだし、目つけられるようなことすんなよ。

才能とは何なのか。自分にそんなものが備わっているのか、だとすればどうして友達ひとり助けてやれないのか、口をつぐむのが正しいのか、鉄二にはひとつも分からなかった。姉ちゃんだったらどうするだろう、うっすらと自問を抱えたまま日々は過ぎ、年の瀬に事件が起こった。

格下の高校との、いわば「胸を貸してやる」かたちでの練習試合でまさかの大敗を喫した。相手には大金星、こっちには大黒星どころかブラックホール、「試合してあげてもいいですけどねえ」とタワマンレベルの上から目線だった監督陣の面子《メンツ》はぺしゃんこで、部員全員が「たるんでる」と絞られ、グラウンドを二十周するはめになった。

上流が荒れればその勢いは下流に行くにつれ激しさを増す。「おい、お前残れ」と友達だけ指名された時、鉄二を含めた誰もが「きっときょうはひどいことになる」と予感した。いったんは寮に帰ったものの、どうしても気になってこっそり部室に引き返すと、上級生の輪の真ん中に全裸で正座させられている友達がいた。腿《もも》の上で握り締めた拳に鼻血がぽとぽと滴《したた》るのを見た瞬間、鉄二は頭の中でとてつもなくいやな音を聞いた。濡れた木の枝を無理やり折ろうとした時のような、みしり、とも、めきり、とも聞こえたそれは、自分の心が腐り始める音だった。

ああやっぱりボコられてる、でもしょうがねえよな、いつまで経っても成長見せないこいつも悪い。

現実の光景が予想以上に痛ましく、直視したくないから、歪《ゆが》んだレンズのほうに自分を合わせようとしている、ここの価値観に染まりつつある。そう自覚した瞬間、耐えられなくなってバットを持ち出し、躍りかかった。この光景を壊さなければ自分が壊れると本気で思った。多対一だったが鉄二の狂乱ぶりに応戦しようとする者はおらず、すぐにコーチが呼ばれたので大暴《おおあば》れの割に人的被害は少なかった。割れたガラスの破片で何人かが切り傷を負った程度だ。ただ、内々で済ませるはずの不祥事がどこからか洩れ、部は三ヵ月の活動停止に、鉄二は退部、イコール転校という処分になった。

友達は、友達じゃなくなった。お前のせいだ、と鉄二に言った。人から憎悪されたのは初めてだった。

――せっかく我慢してきたのに、これで終わった。お前さえ余計なことしなきゃ……。

「いいとか悪いとか、正しいとか間違ってるとか、決めたところでまじ無意味って思う」

中吊りから目を逸らせないまま、鉄二はつぶやいた。

「ボコられても野球やりたい、この学校で甲子園出たいってどうしても思うんなら、こっちは『そうですか』って言うしかねえじゃん」

「気持ちで負けちゃったんだね」

「うん」

菜々子の頭が、ぽてんと肩に乗っかってくる。女子はいい匂《にお》いがする、というのは都市伝説ではなかった。

「……きょうのこと、お姉さんに話す?」

「黙っててもそのうちばれるだろ」

「どう話す？」

「……さあ」

勇の母親、姉の姑《しゅうとめ》は、突然押しかけてきた鉄二たちを戸惑《とまど》いつつ部屋に上げてくれた。そして時折涙ぐみながら話した。

勇に難しい病気が見つかり、今は入院しているということ。進行性の病《やまい》で、徐々に筋肉が衰《おとろ》え、自発呼吸も不可能になって、必ず死ぬこと。それが一年後か十年後かは個人差があるが、いずれにしても看病と介護の負担は計り知れない。だから勇は離婚を申し出たのだということ。生命保険金を独居の母に遺《のこ》してやらねば、という事情もあったらしい。

——ごめんなさいね、あの子、ああ見えて頑固で、言い出したら聞かないんです。

勇の母は頭を下げた。

——でもわたしも離婚には賛成なのよ。真央さんはまだ若いんだから、勇のために人生を捧《ささ》げてしまわないでほしい。

勇の頑固が、魔王の頑固を挫《くじ》いた。姉もまた、気持ちで負けて戻ってきた。やはり魔王は、最後には勇者に倒される運命なのか。

「悔しいね」

菜々子が言う。

「負けてばっかでさあ……何かひとつでもいいから、勝ちたいよね」

夕方、家に帰ると姉は庭先で洗濯物を取り込んでいるところだった。

「遅かったのう、何しとったんじゃ。テストが終わった途端《とたん》遊び呆《ほう》けよんか、ええご身分じゃのう」

「姉ちゃん」

「何じゃ」

「勇さんのこと、聞いてきた」

姉はさっと顔を強張《こわば》らせると、洗濯物をいっぺんに抱えて縁側《えんがわ》に放り投げ、鉄二に背中を向けた。

「姉ちゃん」

「誰にも言うな」

「言わねえけど……どうすんの？」

「分からん」

途方に暮れた、魔王にあるまじき声だった。

「管につながれて、まぶたも動かせん、声も出ん、そんな姿を見られとうないって言われたんじゃ。元気な姿だけを覚えていてほしい、それが一生のお願いですって言われたら、わしゃどうすりゃあええ。……いつか新しい薬やらができて治るかもしれん、言うたら、奇跡の話をするな、って、勇が怒ったんよ。初めて、わしに。その希望に僕は耐えられないゆうて、泣いた。自分が、なーんの覚悟もなくて、勇の苦しさなんぞいっこも分かってやれとらんかったのが恥ずかしゅうて悔しゅうて、わしは……」

泣いてはいない、けれど魔王の広大な背中が初めて頼りなく見えた。鉄二は二階に上がり、姉の部屋にある離婚届の束を改めて手に取った。一枚ずつゆっくりめくっていくと、最初は端正だった勇の筆跡がだんだんといびつになり、最後にはのたうつようにふるえていた。みるみる自分の身体がままならなくなる恐怖、それを目の当たりにする恐怖、何枚も何枚も突きつけられるさよならを、姉はどんな気持ちで受け取り、溜《た》め込んできたのだろう。

それから姉は、数日部屋に引きこもったかと思うと、朝早く出かけて行った。「バイトらしいわ」と母が言う。

「倉庫作業だって。あの子、フォークリフトの免許持ってるから」

「そのうちパワーショベルとか乗り回すんじゃないか」

のんきな両親に全てぶちまけてしまいたい衝動に駆られたが、ぐっとこらえる。バイト先の倉庫は家から十キロも離れていて、徒歩で往復する姉に「もっと近くに何かしらあるでしょうに」と母は呆れていたが、とにかく身体をこき使って現実から逃避したい気持ちが鉄二にはよく分かった。姉はビニール袋に閉じ込められてぱくぱくと喘《あえ》ぎ、もがいている。勇もそのはずなのだ。だったらせめて同じ水の中にいればいいのに。鉄二は毎日駄菓子屋に通い、掃除や雑用を引き受ける代わりにただで金魚すくいの練習をさせてもらった。没頭するうち、金魚たちがどう動くのか予測し、先回りしてすくえるようになっていった。何の役にも立たなくとも、進歩は嬉しい。過ぎ去った時間に意味を与えてくれるからだ。夏休みに入り、七月が終わり、二度の原爆忌と終戦の日が巡る。


八月下旬、晴れた日曜の朝、鉄二は姉の部屋の前に立ち「きょうだぞ」と声をかけた。

「姉ちゃんが言い出したんだろ、金魚すくい選手権。住谷さんがわざわざお揃いのTシャツ作ってくれたんだよ。姉ちゃんの分、置いとくから。XXLな」

襖の向こうからはうんともすんとも返ってこなかったが、姉は聞いていると思った。

「行こうぜ。ひとつでも勝とうぜ。勝って、勇さんとこ帰れよ」

こんなお遊びに優勝したところで、何にもならない。償《つぐな》いも解決も仕返しもできない。でも、勝ちたいのだ。ささやかに、ちっぽけに、勝利を飾りたい。小さな勲章で胸を張りたい。大丈夫、やっていけるよと。

会場の総合体育館に行くと、受付の前で菜々子が待っていた。

「鉄二くん、お姉さんは？」

「まだ」

「そう……」

体育館と隣接する公園には屋台が並び、すでに煙と呼び込みの声がひしめいている。テレビの取材も来ていて、この狭い町の一大イベントにふさわしいにぎわいだった。参加者の列が次々と手続きを済ませゼッケンを受け取るのを、直射日光に灼《や》かれながら見ていた。アスファルトの地面に落ちる自分の影に汗が落ちてまたさらに濃いしみを作る。暗い場所には果てがない。

『間もなく一次予選が始まります。受付を済ませていないチームの代表者は至急会場入口のテントへお越しください』

新品のTシャツがじっとりと汗に濡れ、背中にへばりつく。まじで不戦敗かよ、という不安がよぎった時、遠くから伝言ゲームのようにどよめきが伝わってきた。

——え、すごくない？

——でっか……。

鉄二は菜々子と顔を見合わせた。モーゼのように人波を割って堂々と歩いてくる姉を、きょうほど誇らしく感じたことはない。

「お姉さん！」

菜々子が人目も憚《はばか》らず姉に飛びつくと、姉は微動だにせず抱き止めてその場でぐるぐる回転した。あはは、と菜々子の笑い声。遠心力で浮き上がる身体は、手を離されれば円盤みたいに飛んでいってしまうだろう。

「菜々子、心配かけてすまんかったの」

まず俺に言え。

「ううん」

菜々子を地面に降ろし、頭を軽く撫《な》でると姉は「行くぞ」と先陣を切った。金魚と同じ朱色のTシャツは、背中に黒くでっかく「チーム魔王」とプリントされている。


一次予選、二次予選、と順調に勝ち上がり、上位十チームで競う決勝戦に進むことができた。日々の練習の成果だ。

『それでは、これより決勝戦を行います。皆さま、準備はよろしいでしょうか』

小さい浴槽くらいの水槽に和金がうじゃうじゃ泳いでいる。これだけいればいくらでもすくえそうなものだが、なかなかどうしてこいつらは甘くない。ルールはこれまでと同じく、三分間で何匹すくえるかを競う。ポイは一本きり、破れたらそこでおしまい。水槽の長辺に並んだチーム魔王は無言のまま視線を交わし、頷き合った。

『位置について、よーい、スタート！』

体育館にホイッスルが鳴り響くと、浅い水の中にポイを沈めた。胸が高鳴る。でも浮き足立ってはいない。自分の身体の隅々まで意識し、使うことができる。懐かしい、試合の感覚がよみがえってくる。

　勝とう。


「すいませーん、地元のにこにこテレビの者ですがちょっとお話聞かせていただいていいですか？　入賞はなりませんでしたが、大健闘の四位、おめでとうございます！　Ｔシャツといい、ものすごく目立つビジュアルのチームですね、皆さん、どういったご関係なんですか？」

「勇！」

「えっ？」

「勇、よお聞け、すぐそっちに戻るけえのう、お前が何と言おうがわしゃもう死ぬまで逃さんぞ、腹括《くく》って首洗うて待っとれ！」

「あ、あの」

　姉が会場中の視線を独り占《じ》めしている隙に菜々子と外へ抜け出した。場内の熱気を逃れても、快晴の昼下がりはめまいを誘う暑さだ。屋台でかき氷を買い、歩きながら食べた。

「負けたねえ」

　いちご味を選んだ菜々子が、さっぱりした口調で言う。

「でも、楽しかったからまあいいや。鉄二くんは？」

俺も、とメロン味を片手に鉄二は答える。現実は何ひとつ変えられない、でも、この夏、自分たちは忘れられない思い出を作った。それってすごいことだと思った。次の夏が同じように巡ってくる保証なんてどこにもないから。

「住谷さんと一緒」

「ふーん」

鮮やかに着色された氷をスプーンでがしがし掘りながら、菜々子は「てかさー」と立ち止まり鉄二を見上げる。

「鉄二くんは、いつまでわたしを『住谷さん』って呼ぶのかなー？」

「え……じゃあ、住谷？」

「違うだろ」

姉にすごまれるより怖かった。

「……菜々子」

恐る恐る口にすると「よくできました」と笑って赤い氷をひと口くれた。

スマホの通知で、きょうが甲子園の決勝だったと知る。誰かが勝ち、誰かが負けた。むくむくそびえる夏雲を頂く、摂氏《せっし》三十六度の路上に人影はまばらだった。ゲームセットのサイレンは空耳でさえ鳴らなかったが、甘ったるい氷を噛む音が口の中でじゃくじゃく響いて、気持ちよかった。

翌朝、テレビの前で「何でじゃ！」と雄叫《おたけ》びを上げる姉の姿があった。

「何でわしのインタビューが流れとらんのじゃ！」

「あんなもん放送できるわけねえだろ」

犯罪予告にしか聞こえない。

「そもそもケーブルテレビだから、勇さんが見れるわけねえし」

「それを早う言わんか！」

「いや地元って言ってたし」

「ふたりとも朝からうるさい、お父さんチャンネル変えていい？　……生後十ヵ月の赤ちゃん死亡だって、かわいそうにねえ」

きょうは、菜々子とプールに行く約束だった。菜々子の水着姿を想像してろくに眠れなかったので、足がつらないか心配だ。入念に準備体操をしなければ。水着やタオルを用意していると、玄関でがらがらと車輪の音がする。鉄二は手を止め、どんどん遠ざかっていく騒音に耳を澄ませた。姉ちゃんの音だ。

小学校二年の時、スーパーで転んで腕を骨折した。姉は痛みに泣き喚く鉄二を買い物用のカートに放り込んで押し、病院まで爆走した。店員の制止も聞かず、がらがらと派手に地面を削りながら。

――野球できなくなったらどうしよう。

――大丈夫じゃけぇ、鉄二、泣くな。姉ちゃんがついとるけぇ。

大丈夫だよ姉ちゃん、と今度は鉄二が思う。奇跡は起こらない、起こらないから傍にいてやれ。最後には負けが決まってるシナリオでも、立ちはだかるから魔王なんだろ。

勇者のもとへ、音を立てて帰れ、魔王。

ピクニック

きょうは、待ちに待ったピクニックの日です。母と、娘と、その夫と、夫の両親、それから、半年前に生まれたばかりの、娘夫婦の赤ちゃん。陽当《ひあ》たりのいい芝生《しばふ》の公園はすこし風が強くて、レジャーシートがはためいたり、お茶に葉っぱが浮くかもしれません。でもそれだってきっと楽しい思い出になるはずです。赤ん坊が大きくなったら笑い話として聞かせてあげられるエピソードに。この一家が何を乗り越えてきたかについても、いつかこの子に話すのでしょうか。

母は希和子《きわこ》といい、その娘は瑛里子《えりこ》という名前でした。希和子の夫は早くに亡くなっていましたが、十分な財産を遺してくれたので、瑛里子は特に不自由もなく大学を卒業し、就職先の地方銀行で三歳年上の裕之《ひろゆき》と出会い、五年後、結婚することになります。亡夫の写真とともに出席した披露宴の席で希和子は何度も涙を拭いました。そこには、夫に先立たれてからの四半世紀、女手ひとつで娘を育て上げたという感慨だけでなく寂しさも多分に含まれていましたが、娘夫婦は希和子の家の近所に新居を構えたのでひんぱんに交流を持つことができました。「お義母《かあ》さんがひとりぼっちになったら瑛里子さんも心配でしょうから」と言ってくれた裕之に希和子は深く感謝し、決して出しゃばらず節度を保《たも》ったつき合いを心がけました。一年半後、夫婦の間には娘が生まれました。

産院で初孫を抱かせてもらった希和子は、今度こそ純度百パーセントの喜びの涙を流しました。娘と、優しい娘婿《むすめむこ》と、かわいい孫娘。しっとりと温かな新生児の重みに、生まれたての瑛里子を抱いた時を思い出します。あの瞬間の、爆発的かつ圧倒的ないとおしさとは違う、つま先からひたひた潮《しお》が満ちるような幸福感。この小さな生き物が、確かにわたしの娘、そしてわたしや死んだ夫とつながっている。光り輝く糸を小指に結んでもらった気分でした。どうか切れませんように、できるだけ長く、この糸を握っていられますように。乳首をくわえるのがやっとの小さな唇がむにゃむにゃ動くと、まだ歯も生えていない口腔《こうこう》は滑《なめ》らかな桃色で、ピンクの宇宙を覗き込んだみたい、と思いました。本当に、何てかわいいの。

かわいい、かわいい、と感激する希和子に娘は「そう?」と産後のやつれが痛々しい(それでいてすがしい美しさを漂わせた)笑顔を向けました。

——老《ふ》け顔じゃない? 老人産んだのかなって思っちゃった。

——何言ってるのよ。今は疲れてるのね、これからどんどんかわいくなるわよ。

——口元とか、お父さんに似てない？

瑛里子が、写真でしか知らない父親に言及すると、そんな気もするしそうでもない気もしましたが、娘がそんなふうに言ってくれたことがありがたいと思いました。

——わたし、この子のためならいつでも死ねる。

——お母さんやめてよ、縁起《えんぎ》でもない。

——本当よ。

たとえば今、暴漢が押し入ってきて「赤子を助けたければここから飛び降りろ」と命じたなら、わたしはこの七階の窓からためらいなく身を投げてみせる、いえ、いっそ誰か要求してほしい。この子に対するわたしの愛を身をもって証明させてほしい。希和子は真剣に考えました。無意識の予感めいたものがあったのでしょうか。今、このひとときが幸福の頂点だと。観覧車の、束の間のてっぺんです。着いたと思った瞬間から残りの半周に向かって傾いてしまう、だったらここで自分の時間を止めてしまいたい——ひょっとすると希和子は、そんなふうに願っていたのかもしれません。

赤ん坊は希和子から一文字取って未希《みき》と名づけられました。瑛里子は産後の身体を労りつつ、産院で生まれて初めての子育てに臨みました。ついこの間、膨らみきった腹を撫でながら「大変だろうね」と夫婦で話し合ったばかりで、希和子からも「お産っていうのは、産む時も産んだ後も、本当に何があるか分からないからね」と言い聞かされていました。どんなに医療が進歩しても母親の大変さは変わらない、とも。

瑛里子は楽天家ではありません。しかし、心のどこかに「そうはいっても」という気持ちがあったのは確かです。わたしはこれまでの人生で大きな失敗をした経験がない。受験、就職、結婚、と「普通」のレベルをクリアしてきた。自分がとりわけ恵まれていたとも、頑張ったとも思わない。求められることにその都度「普通」の努力で応えてきたからだ。そういうこれまでの道のりが「出産及び新生児の育児」でもなだらかに続いていくと信じていた節がありました。

育児は大変、そうはいっても、動物の赤子が誰に教わらずとも生まれてすぐ乳を求めて這《は》うように、自分が産んだ子も「本能で」「自動的に」、生きるに最適な道を選ぶだろうと漠然と思い描いていたので、まだ赤剝《あかむ》けた小猿同然の未希をぎこちなく抱き、初乳を含ませようとした瞬間、ふいっと顔を背《そむ》けられて面食らいました。え、ここから？　そんな感じです。瑛里子が想定していたのは夜泣きがひどいとか、断乳やトイレトレーニングがうまくいかないとかであって、長いマラソンのスタートを切った一歩目からこのようにつまずくとは思ってもみませんでした。乳首をあてがう角度や抱き方を何度変えても、未希は唇に触れる異物を生命維持の必需品とはみなさず、まだ据《す》わっていない首をぐりんぐりん背けながらも空腹を訴えて泣くのです。

——あらあら、ちょっと吸いづらいのかもね、カバーつけてみましょうか。

見かねた看護師がシリコンでできたニップルシールドを乳首に装着します。すると未希はようやく吸引を始めてくれました。

――あ、ちゃんと吸えてますねー、よかった。これすごく便利ですよ。授乳してるとどうしても乳首が傷だらけになっちゃうし、保護のためにもね。

わたしも自分の子の時は痛くて泣いてたわー、と朗《ほが》らかに話す看護師の声は半《なか》ばから瑛里子に届いていませんでした。赤子のためだけに、産後の消耗した肉体がオーダーメイドで生産した栄養源を拒まれ、吸い口を、カバーでいわば「矯正」されたのがショックでした。人に話せば、何だそんなことでと笑われるかもしれません。でも瑛里子にとっては、何ヵ月も腹の中で養い、ようやく会えた我が子にいきなり駄目出しをされたように感じられたのです。しかも、乳首の形状など瑛里子の努力でどうにかなる問題ではありません。

その晩、個室のベッドに横たわり、希和子にLINEを送りました。『おっぱい、うまく吸ってくれなかった』と。希和子からはすぐに返信がありました。

『最初はみんなそんなもの。目を酷使するのは良くないみたいだから、早く寝なさいね』

未希に拒絶されたと感じたことや乳首にカバーを被《かぶ》せられた時の何とも言えない羞恥と屈辱、そんな本心までは打ち明けられませんでしたが、母の優しい言葉で気が緩み、すこし泣きました。わたしはお母さんになったけど、お母さんの娘であることはやめなくていいんだ、そんな当たり前のことが嬉しかったのでしょう。うちに帰りたい、と思いました。授乳室でよその子と比べてしまったり、看護師にいちいち気を遣うのは疲れる。お母さんに助けてもらいながら自宅で身体を休めたい。早く未希と一緒に帰れますように。消灯後の暗い部屋で両方の目尻からこめかみに流れ落ちる涙を拭い、瑛里子はそう願いました。

出産から一週間後に母子は退院し、いよいよ家庭での子育てが始まりました。タクシーで家に帰り着くと、瑛里子はすでに玄関先にうずくまってしまいたいほど疲れていました。未希は依然、裸の乳首から母乳を飲もうとはしませんでしたし、そもそも乳の出自体が非常に悪く、母乳マッサージという名目で施される処置は拷問《ごうもん》にしか思えないものでした。縫合した会陰がじくじくと疼《うず》く中、細切れの授乳と激痛を伴うマッサージ、沐浴《もくよく》指導やらのカリキュラムで、出産のダメージが癒《い》えたと感じる瞬間は一秒もなく、見舞いに訪れた夫があれこれと話しかけてきても相槌さえままならない状態でした。

そういう状況が、家に帰れたからといって劇的に改善するはずもなく、瑛里子はゾンビのようにうつろな目で未希を抱き、眠気でどろどろになりながら世話をしなければなりませんでした。十回くらい絞ったあとの雑巾《ぞうきん》みたいに供給の乏《とぼ》しいおっぱい（カバー付き）とミルクをどうにかこうにか飲ませれば、ひと息つく間もなくこぽっと吐き出してしまう、げっぷをしない、寝ない……赤ん坊はすべてのストレスを泣き声で表現し、その響きは瑛里子の淀《よど》んだ頭を容赦《ようしゃ》なくかき回してくるのでした。

まだ、この世の仕組みなど何も知らない生き物に、四六時中ジャッジされている気がしました。未希の泣く声が「アウト」の判定です。容姿でも性格や頭脳でもなく、「母親」という漠然とした、しかし根源的な能力について。

希和子は、極力余計なことは言わず、女中のようにそっと控えて家事と瑛里子のケアに努《つと》めました。完母《かんぼ》じゃなきゃ駄目よ、というような、娘を追い詰める口出しはいっさいせず、黙々と主婦の役割を果たします。家にやってきた保健師は、そんな希和子を褒《ほ》め称《たた》えました。

——家の中、きれいに片付いてますね。お母さまが？　よかった、やっぱり実母さんのフォローがあるといいですよね。全然違いますよねえ。

単なる世間話の一環に過ぎません。でも、ざらつき、毛羽立った瑛里子の精神はその言葉をまっすぐに受け止めることができませんでした。あなたは恵まれていていいわね、と言外に匂わされた気がしました。

——わたし、あの人好きじゃない。

——保健師さん？　感じのいい人だったけど……。

——お母さまお母さまって、ありがたく思えみたいな、赤の他人が押しつけがましい。未希の体重が増えてないのだって「う〜ん……」ってわざとらしく小首傾げて。

考えすぎよ、と希和子は娘を宥めました。

――そんなふうに、何でも悪く取るとますます疲れるよ。未希みたいに小食な赤ちゃんなんていくらでもいるんだから、向こうもそれは分かってるでしょ。

――わたしはどうだった？

瑛里子が希和子に尋ねます。

――わたしもなかなかおっぱい飲まなかった？　寝つきが悪かった？

――ううん、瑛里子は全然そんなことなかった。あなたはとても育てやすかった。

希和子が正直に答えると、瑛里子は「何よ」と怒り出しました。

――じゃあ、何を根拠に「いくらでもいる」なんて言うの。お母さんだって知らないんじゃない。

そして、和室に敷きっぱなしのふとんにぐったり横になると、途端に未希が泣き出しました。瑛里子は沼から這い出るような動作で起き上がり、呻きに近い声で「はいはい」とつぶやきます。

――分かってる、分かってるから泣かないでよ……。

聞いたことのない声色に希和子は危ういものを感じ「お母さんがやるから」と言いました。

――ちょっと休みなさい。

――いいの。自分でやるから。ちゃんとやるから。

――瑛里子。

――掃除だって洗濯だってごはんだってお母さんにやってもらってるんだから。わたしは育児に専念させてもらってるんだから、恵まれてるんだから、甘えてばっかりいないで育児くらいちゃんとやらないと駄目でしょ？　そうなんでしょ？

――誰もそんなこと言ってないでしょう。

――でも思ってる！　みんな思ってるんだよ！

みんなって、どこの誰よ。希和子の反論は、瑛里子の涙を前に引っ込みました。今、理屈で説《と》いてみたってこの子はすこしも楽にならない。瑛里子はだらだらと涙を流しながら未希を抱っこし、ミルクを作るため台所に向かいます。疲れ果てて泣いていても、うんざりするほどの反復によって培われた一連の動作は迷いなく、プログラムされたロボットのようでした。

自分の時より大変な気がするわ、と希和子は内心でため息をつきました。わたしは幸いおっぱいがふんだんに出たし、瑛里子もごくごく健やかに飲んで新生児の頃からたっぷり眠ってくれて……もう、昔の話だからだろうか、あまりよく覚えていない。ひょっとすると瑛里子同様にめそめそ泣いていたのに、いいところだけが記憶に残っているのかも。古いアルバムを引っ張り出し、めくってみると、色褪《いろあ》せた写真の中の娘はごきげんな笑顔ばかりを見せてくれています。まあ、泣き喚いてる最中にカメラを構える余裕なんてないから、あてにならないわね。幼い瑛里子は、よくお人形を抱えていました。当時のお気に入りだったのでしょう、長いまつげが植わったまぶたをぱちぱち開閉させる、赤ん坊の人形です。ああ、そうだ、まだまだ赤ちゃんに近い瑛里子が赤ちゃんの人形を抱いて「いいこ、いいこ」「ねんねよ」なんてお母さんぶるのがかわいらしかった。あの人形、どこへやったかしら。

さて、夫の裕之です。温厚で真面目《まじめ》で、周囲の誰に尋ねても悪い評判というのは聞こえてこない人ですが、育児に関しては、多くの男性が陥《おちい》りがちな当事者意識の低さという欠点がありました。手伝えることがあったら言ってね、赤ちゃんが泣くのは当たり前だからうるさがったりしないよ、僕に気兼ねせずどんどんお義母さんに頼ったらいい……両親学級にも参加していたのに万事がそんな調子で、瑛里子が「そういうことじゃないんだけど」と抗議しても「育児疲れで気が立ってるんだね、かわいそうに」と悲しそうな顔をするだけ。栄養も睡眠時間も赤子に吸い取られている状態で頭がうまく働かない瑛里子は、理論立てて反論することができません。まずは自分が元気にならないと、この人の教育どころじゃない。

夫婦の雲行きが怪しくなってきた矢先、裕之に急な異動の辞令が下ります。他県の支店で欠員が出て、早急に補充をしなければ、とのことでした。

——一年くらいで戻ってこられるって。

隣県とはいえ、片道二時間以上はかかります。「しばらく単身赴任になるけど週末には帰るし、こっちの心配はしなくていいから」と平然と話す夫に瑛里子は怒りを爆発させました。

——何で今、あなたが行かなきゃならないの？　何が「こっちの心配」よ、新生児の父親だって自覚ある？

——だから、今ならしばらく離れても、寂しかったって記憶に残らずにすむだろ？　嫁が専業主婦なのに、子どもを理由に断れないよ。

——信じられない。今だって何もしてないくせに、未希をわたしに丸投げする気？

——瑛里だってワンオペじゃないだろ、お義母さんに上げ膳据《ぜんす》え膳してもらって……。

——わたしが優雅に暮らしてるように見えるの!?

交際時期を含めても初めての大喧嘩に発展し、瑛里子は憤然と母親に訴えました。

——異動なんか、裕之さんじゃなくてもいいはずなの。きっと自分から手を挙げたのよ。僕行きますよって。そういうところがあるの。先回りして過剰にご機嫌取っちゃうの。お母さんの近くに住もうって言い出したのも、未希の名づけだって。

ああ、またこの子は悪いほうに考えてしまっている。希和子は戸惑いつつ「サラリーマンなんだから」と取りなしました。

――上の人に言われたら逆らえないっていうのが普通じゃないの。

――お母さんは働いたことないでしょ。

瑛里子はぴしゃりと撥《は》ねつけます。

――お父さんだって、サラリーマンじゃなかったし。

瑛里子の言うとおり、亡くなった夫は開業医で、短大を出てすぐ見合いで結婚した希和子には社会人経験がありません。娘の気持ちには寄り添ってやりたい、でも一緒になって裕之を非難するのも違う……夫婦の間をうまく取り持てずまごまごしているうちに、裕之はさっさと赴任先に行ってしまいました。

しかし、この程度の不和は「乗り越えてきたこと」ではありません。時間が解決してくれる問題でした。未希の発育が徐々に安定し、ご機嫌な時にはミルクで煮含めたような頬をむっちりと盛り上げ笑う時間が増えると、瑛里子の精神状態も比例して落ち着きを取り戻していきました。もちろん手が離せないことに変わりはないのですが、小さいくせにはちきれそうな指をちょんちょんとつつき、こんなかわいい生き物がこの世にいるのかという感動に浸れるようになると、未希の動画をせっせと裕之に送り、散歩に出かけて同じような月齢の子を抱いた新米ママと情報交換する余裕も出てきました。半死半生だったのはものの数ヵ月、そのさなかにいる時は永遠に明けない夜の底をさまよっている心地でしたが、いざ光が射《さ》してくるととても呆気《あっけ》なく思えました。

——わたし、やばかったよね。

頻度は減ったものの、定期的に通って家事を手伝ってくれる希和子にそう言うと「仕方ないわよ」と笑ってくれました。

——未希が大きくなって子どもを産んだら、今度はあなたがサポートする番だからね。

——そんなの、まだまだ先の話でしょ。

——そう思ってたらね、あっという間にきちゃうのよ。

そうかも、と瑛里子は思いました。かわいい時期も生意気な時期も、後から振り返れば一瞬の出来事に変わるのかもしれない。まだひとりで立つこともできないこの子と過ごせる時間なんて、本当に束の間。そう思うと未希へのいとおしさが迸《ほとばし》るほど激しくこみ上げてきます。何があっても絶対にママが守ってあげる。幸せにしてあげる。自分の血肉で養った子の、ずしりとした重みは瑛里子の幸福そのものでした。

未希が、生後十ヵ月を迎えた頃の話です。

——たまには裕之さんのところに行ってあげたら？

希和子がそんな提案をしました。

――掃除とか洗濯とか、男の人じゃ行き届かない部分もあるでしょ。未希はわたしがこっちに泊まって面倒見るから。

瑛里子はすこしためらいましたが、未希は祖母にあやされるといつもご機嫌でしたし、裕之に打診したところ大喜びで「おいでよ」と言うので、産後初めて、娘と離れひとりで出かけることにしました。子どももマザーズバッグも抱えていない身体は軽く、その身軽さが心地よい反面、ふらふらと風に流されていきそうな心許《こころもと》なさもあります。わたしが未希をつなぎ止めてるんじゃなく、あの子がわたしを地上に留《とど》めてくれてるんだ。大事な臓器を置き去りに出歩いているような不安は、しかし夫のマンションに着き、あれこれ小言を言いながら洗濯機を回し、掃除機をかけているうちに薄れていきました。

――瑛里、ごめん、友達とか大学の先輩にいろいろ話聞いて、自分が全然瑛里にも未希にも向き合えてなかったのが分かった。

――わたしも、話し合う余裕なくて、すぐキレてばっかでごめん。

ふたりきりだと素直に労り合うことができ、未希が生まれてからわだかまっていたしこりが解けていくのを感じて瑛里子はほっとしました。

久しぶりに夫婦水入らずで過ごした翌日、お昼過ぎのことです。

――あ、お母さんから電話。羽伸ばしすぎて、いつ帰ってくるんだって怒ってるのかも。

――お義母さんに限ってそれはないだろ。

軽口を叩きながら「もしもし」と出ると、母親のふるえる声が聞こえました。

――未希が動かないの。

そこから、どんなやり取りをしたのか瑛里子は覚えていません。気づいたら裕之とふたりで地元の病院にいて、子ども用の小さなベッドで未希が眠っていました。床では希和子が泣き崩れています。

――未希ちゃん、未希ちゃん、ごめんね。

この子は眠ってるんじゃない、眠ったように死んでいるんだ。でもどうして？　わたしがひと晩も家を空けてしまったから？　裕くんに優しくできなかったから？　おっぱいの出が悪かったから？　拳を握ると、固い芯《しん》のようなものがありました。菜箸《さいばし》です。裕之のためにおかずの作り置きをしている最中に電話が鳴ったからです。ゆるゆると手を開くと、ひと組の棒切れはかちゃっと床に落ちました。滑《すべ》り止めの溝が入った、夫が百均かどこかで買ったであろうありふれた菜箸、それが足元に転がっているのを見下ろし、瑛里子はこれが紛《まぎ》れもない現実だと認識しました。未希が、わたしの娘が死んでしまって、もう帰ってこない。

声は出ませんでした。手足を引きちぎられたような絶叫は自分の腹の中だけに響き、瑛里子は両手で耳をふさぎ、頭を抱えてしゃがみ込みました。うう、ううう、と洩れる獣《けもの》じみた唸り声が陣痛の時と同じだと思いました。あの時は、未希を産むため。じゃあ今は？何のために苦しみ、何のために夫はわたしの背中をさすっているの。

混乱がすこしも収まっていないのに、病室のドアが開き、白衣の男が顔を出します。

――お父さんとお母さん、ちょっとこちらに。

父が生きていれば同じくらいの年でしょうか、小児科医だというその医師は「この度は……」というお悔《く》やみもそこそこに、まくし立てるように話し始めました。

――未希ちゃんの死因ですが、急性硬膜下血腫《きゅうせいこうまくかけっしゅ》、要するに頭に衝撃が加わって、内部に出血が起き、血の塊《かたまり》が脳を圧迫したためです。ここに運ばれてきた時にはまだ自発呼吸がありましたが、間もなく息を引き取られました。お祖母《ばあ》さんからは、にわか雨が降ってきて、ベランダに干していた洗濯物を取り込んでいる間に未希ちゃんが転んだ、と説明を受けていますが、ご両親は現場にいなかったんですよね？

「現場」という言葉に眉をひそめながら、裕之が「はい」と答えます。

――単身赴任中で、きのうから妻はわたしのところに来てくれていました。

今度は医師が眉をひそめます。瑛里子の目には「赤ん坊を置いて泊まりがけで出掛けるなんて、ひどい母親だ」と言いたげに見えました。

――以前にもこういったことはありましたか？

――は？

――ですから、未希ちゃんが不審な怪我《けが》をしていたりだとか……。

――不審って、どういう意味ですか。

裕之が思わず声を荒らげると、医師の目つきはますます厳しいものになります。

――未希ちゃんのケースは虐待の疑いがあります。病院の義務として警察に通報しましたので、いずれご両親からも事情を伺うことになるでしょう。ご遺体は、司法解剖に回されます。

幼い我が子が突然死んだ、その事実さえまだ受け止めきれないでいるのに、次々放たれる二の矢、三の矢は瑛里子の心臓をまっすぐに貫《つらぬ》き、夫の抗議も、病室から洩れ聞こえる母のすすり泣きも、その風穴を通り抜けていくばかりで瑛里子に何の感情も呼び起こしませんでした。

医師の予告どおり、翌日には地元の警察に呼ばれ、育児のこと、家族関係のことをねちっこく尋ねられました。聴取に一番時間がかかったのは、当然というべきか、死んだ子の祖母である希和子です。希和子が娘夫婦に語った説明はこうです。

――未希が朝の五時ごろ目を覚まして、おもちゃで遊び始めたの。とてもはしゃいで、でも公園に連れ出そうかと思った十時ごろにはまた眠たそうにぐずっていたから、和室にふとんを敷いて寝かせた。わたしも側で本を読みながら見ていたんだけど、雨がぱらぱらっと降り出してきて、慌ててベランダの洗濯物を取り込んで部屋に戻ると、未希が仰向けのまま痙攣《けいれん》していた。抱き上げればいいのか、それとも触らないほうがいいのか分からなくて、家にあった子ども用の救急の手引きをめくっているうちに未希が動かなくなったから、動転したまま瑛里子に電話をかけたの。

未希は、つかまり立ちができるようになっていました。希和子がベランダにいる間に目を覚まし、ベビーサークルの柵《さく》に手を掛けて立ち上がったものの、バランスを崩して後ろ向きに転び、頭を強く打った――それが希和子の推測です。その瞬間を見ていないので推測でしかありませんが、希和子には他に考えられませんでした。

けれど、警察は違います。「固い床じゃないんですよ」と執拗に希和子に絡みました。

――畳の上の、さらにふとんの上。そんな柔らかいところで、身長七十センチそこそこの赤ちゃんが転んだからって、死ぬような怪我をすると思いますか？　実際、頭部には目立った外傷はないんですよ。

――そんなの、分かるわけありません。どうしてわたしにそんなことを訊くんですか？

――お祖母さん、ＳＢＳって知ってますか？　ＳＢＳ。

えす、びー、えす、と、幼児に嚙んで含めるような物言いが不快でした。まだ還暦にも届かない自分が、赤の他人から「お祖母さん」呼ばわりされるのも。

――知りません。

――乳幼児揺さぶられ症候群、ですよ。読んで字の如《ごと》く、赤ちゃんを強く揺さぶることによって頭蓋《ずがい》内や眼底に出血が生じ、重篤な障害や死亡につながる。今回、未希ちゃんのケースはそれに該当するんじゃないかと懸念して、病院の先生は我々に連絡くださったわけでして。

――わたしが未希に何かしたっていうんですか？　ありえません。

「事情聴取」と「取り調べ」の違いって何だろう。たびたび警察に呼ばれ、同じことを訊かれ、同じことを言わされ、同じ日を繰り返しているかのような錯覚《さっかく》すら覚えながら希和子は考えました。あの日以来、瑛里子とは顔を合わせていません。一週間後に『未希のお葬式終わりました』というＬＩＮＥが届き、まる一日考えて『はい』と返すのが精いっぱいでした。弔《とむら》いに呼ばれもしなかった、でも当たり前だ。瑛里子と裕之さんに謝りたい。何百回でも地べたに額《ひたい》を擦《こす》りつけ、自分の不注意を詫《わ》びたい。わたしが目を離さなければ、「裕之さんのところに行けば」と勧めたりしなければ、こんなことにはならなかった。どうしてわたしの命と引き換えられないの。未希の愛くるしい写真やムービー、『枇杷《びわ》が安かったから買って冷蔵庫に入れてあります』というような日常のやり取り、それらは一日のうちに暗転し、二度と明るくなることはありません。

一方の瑛里子も、現実についていけないまま、ただ過ぎていく日々にぷかぷかと押し流されて暮らしていました。母が目の前にいたら、責める時もあったでしょう。どうしてちゃんと見ていてくれなかったの、と詰《なじ》り、泣いたでしょう。でも、激しい感情の波も、いつかは時間の作用で凪《な》ぎ（何年かかるか分かりませんが）、悲しみと後悔を胸の底にひっそり湛《たた》えて未希のいない生活を営んでいくはずでした。その波を、警察という第三者が現れてばしゃばしゃ乱すものだからどうすればいいのか分かりません。急きょ単身赴任を解かれて戻ってきた裕之とふたり、泣き声も笑い声も絶えた家でほとんど口もきかずに過ごしました。

未希の死から一ヵ月後、五、六人の警察官が朝から瑛里子のマンションに踏み込んできました。家宅捜索、という仰々しい用件を告げられた時、思わず半笑いで「え、何のために？」と訊いてしまいました。家宅捜索って、麻薬とか殺人事件の凶器を探す時にするものでしょう？　こんな、ありふれた一般家庭のどこで何を探すつもり？　瑛里子の困惑をよそに、彼らは未希が使っていたふとんや服、瑛里子の育児日記や母子手帳に至るまで次々に押収していきました。「それは娘の形見です」と夫婦でどんなに懇願しても「捜査が終了したら返却します」と繰り返すばかり。瑛里子はたまらず、希和子に電話をかけました。

——お母さん？　今、うちに警察の人が……。

——うちもなの。

希和子の強張《こわば》った声が聞こえます。

――こっちにある未希の着替えとかおもちゃとか、持っていかれて……瑛里子、お母さん、捕まるの？　何もしてないのに、全然話を聞いてくれないの。

母の縋《すが》りつくような問いに「そんなわけない」と返すのがやっとでした。何をどう調べたところで、未希が虐待を受けたなんて結論にはならない、だってお母さんがそんなことをするはずがないんだから。

その翌日から瑛里子と裕之は、未希と離れていた週末の二日間についてこれまでよりいっそうしつこく聴かれました。わたしも疑われてるんだ、と気づいた時、ぞっとしました。そういえば、「産後うつだったそうですね」と何度も念を押された。未希に暴力を振るって死なせたのはわたしで、口裏を合わせてお母さんが庇《かば》ってると思われている……。

幸い、裕之が単身赴任をしていたマンションの管理人が瑛里子の顔を覚えていて、夫婦のアリバイは守られました。そして、疑惑の目はいよいよ未希とふたりきりだった希和子に集中します。希和子の証言以外に未希の状況を裏づけるものはなく、その希和子にしても、決定的な場面を見てはいないと言うのですから。

希和子が過失致死容疑で逮捕されたのは、一日だけ真夏に巻き戻ったような、とても暑い十月の平日でした。悪い予感が的中したわけです。夕方のニュースで「十ヵ月女児死亡で実の祖母を逮捕」というテロップとともに周囲をモザイクでぼかされた実家の映像が流れると、瑛里子はわたしみたいだ、と思いました。何もかもが歪んでぼんやりして、どこに進んでいけばいいのか分からない。いつも助けてくれたお母さんがいない。

取調室では、事情聴取の時と概《おおむ》ね同じような質問が、ずっと高圧的に激しく繰り返されました。警察の主張は、未希が泣きやまなかったとか粗相をしたとか、とにかく希和子をいらいらさせたため、かっとなって頭部に何らかの衝撃を与えた――そのシナリオに沿った供述を求められているのは明白でした。番号で呼ばれること、固いふとんで眠れぬ夜を過ごすこと、四六時中監視の目に晒されることももちろんでしたが、何よりつらかったのは、彼らが「虐待を許さない」という真っ当な怒りでもって希和子を糾弾《きゅうだん》することでした。

――たった十ヵ月で、かわいい盛りに死んでしまって……この子の無念を、絶対に晴らしてやる。

決意を語って涙ぐむ時さえあり、机を挟んで向かい合った希和子は、この刑事さんの目にわたしはどれだけ恐ろしい鬼畜に映っているんだろうと愕然としました。我が子に食事を与えない親や、殴ったり蹴ったりして痛めつける親と同じだと思っている。姉から差し入れられたスウェットのズボンの上でふるえる手を握りしめ、希和子は必死で抗弁しました。

――未希が死んでしまったのは、確かにわたしの過失です。未希と娘夫婦には詫《わ》びても詫び切れません。でも、故意に未希を死なせたなんてことは絶対にありません。認めてしまえば、それこそ未希に顔向けできない。

――いけしゃあしゃあと孫の名前を持ち出すなっ!!

今まで、男性から至近距離で怒鳴られた経験のない希和子にとって、殺気立った密室は恐怖の箱でしかありませんでした。この人たちに何を言っても無駄だ、ならばいっそ、おとなしくお望みどおりの供述をすればいいんだろうか、法廷で裁判官に訴えたほうが話が通じるんじゃないだろうか、でも、一度起訴されてしまえば九十パーセント以上の確率で有罪判決が出ると聞いたことがある……。

葛藤《かっとう》する希和子に、刑事がこう切り出しました。

――あんた、本当はもうひとり娘がいたんだってな。真希《まき》ちゃん、だっけ?

真希。その名前を聞いた瞬間、氷水をぶっかけられたように希和子の全身がかたかたとわななきました。刑事はそれを見て、舌なめずりせんばかりの表情になります。

――瑛里子さんの妹にあたる次女が生後六ヵ月で亡くなってる。未希ちゃんとそう変わらないね。死因は急性心不全、死亡診断書を書いたのはあんたの旦那。とっくに骨になって、司法解剖に回せないのが残念だよ。旦那は死んでるし、真相は藪《やぶ》の中だな。

――どういう意味ですか。

――とぼけるな。あんたの周りで似た月齢の赤ん坊がふたりも急死してる。自分でおかしいと思わないのか？　それに、瑛里子さんは真希ちゃんの存在すら知らなかった。驚いてたよ。仏壇に手を合わせることも、墓参りに行くこともなかったらしいな。何て母親だよ、と吐き捨てられ、希和子は初めて「違います！」と大声で叫びました。

——真希のことは、つらすぎて話すこともできなかったんです。すやすや眠っていたはずなのにちょっと目を離したら動かなくなっていて、わたしは半狂乱で夫のいる診療所に駆け込んで、蘇生《そせい》処置をしてもらったけれどどうにもならなくて……。

——また、あんたしかいない状況で、寝ていたはずの子どもが勝手に死んでたって言いたいのか？　そんな話を誰が信じると思う？

——でも、本当なんです、本当にそうなんです……。

——怪しいのはそれだけじゃない、真希ちゃんの四十九日が過ぎて間もなく、旦那が急死してるだろう。飲酒運転で電柱に突っ込んだ自損事故……娘の死で自暴自棄になったとも考えられるし、単なる偶然かもしれない。あるいは、妻のために娘の病死を偽装したことへの良心の呵責《かしゃく》……。死人に口なしなのが悔しいね。

——そんな、ひどい……。

希和子は力なく机に突っ伏しました。目の前は真っ暗なのに、刑事が頭上から勝ち誇った視線を浴びせているのは分かりました。翌日、面会にやってきた娘はアクリル板越しにぎこちなく「身体の調子はどう？」「何か欲しいものはある？」などと質問を投げかけたのち、尋ねました。

――わたし、ずっとひとりっ子だと思ってたけど、妹がいたんだね。真希っていうんだってね。

――……ええ、そうよ。

――お母さん、前に言ってたよね。あなた「は」育てやすかったって。真希はそうじゃなかった？

瑛里子の言葉で、長い間蓋《ふた》をしてきた記憶がよみがえってきます。そう、真希は食が細くて神経質で始終ひんひんと泣いていた。未希にそっくりだった。長女の育児で得た経験値や自信が片《かた》っ端《ぱし》から覆《くつがえ》され、毎日必死で、ひと頃の瑛里子みたいに追い詰められていた。でも、半年経ってようやく落ち着いてきた、その矢先だった……。過去に浮遊していた心は、瑛里子の鋭い眼差しで現在に引き戻されます。

――どうして何も教えてくれなかったの？　死んじゃった家族のことずっと黙ってるなんて、おかしいよ。

――ごめんなさい。

――ねえ、どうして？　妹の写真どころか、お母さんから話さえ聞かせてもらったこともないよね。ひた隠しにしてた理由は何？

――思い出したくなかったの。

希和子は細い声を絞り出します。

――まだ全然立ち直れていない時期に、お父さんも交通事故で呆気なく死んでしまって、あなたを育てるのに一生懸命で。あの子のことを思い出してしまえば、また悲しみで身動きが取れなくなる、それが怖かったの。

――だからって……。

瑛里子の目の中に、わずかな疑念が浮かんでいました。少なくとも希和子にはそう見えました。「本当なの」と希和子は透明な板越しに訴えました。

――何もしてない、未希にも、真希にも……お願い瑛里子、お母さんを信じて。

仕切りの向こうで娘は目に涙を溜《た》め「どうして？」と繰り返します。

――疑ってるなんて言ってないのに、どうして「信じて」って言うの。

もういやだ。何が本当で嘘で真実なのか、分からなくなってしまった。この世界に未希がいないことだけが絶対で確実だなんて、耐えられない。面会を終えた瑛里子は、実家に直行しました。掃除や空気の入れ換えのために、伯母が通ってくる日だったからです。

――伯母さんも妹のこと知ってたんでしょ？　どうして黙ってたの？　お母さんに口止めされてたの？

開口一番問い詰めると、伯母は悲しげにかぶりを振りました。

――真希ちゃんが亡くなった後、あなたのお母さんは本当に廃人みたいになっちゃったんだよ。お通夜《つや》に行ったら、何も見えてないし聞こえてない、心がここにない、別人の希和子がいた。うちは子どもに恵まれなかったけど、失うのがこんなにつらいなら、いないほうが楽かもしれないとすら思った。怖かった。瑛里ちゃん、しばらくうちで過ごしたのを覚えてない？

――え？

――瑛里ちゃんはまだ二歳になったばかりだったから、無理もないね。抜け殻《がら》同然の希和子には任せておけなくて預かったのよ。二週間くらいだったかな？　ママに会いたいってあんまり泣くから希和子のところへ連れて行くと、あの子はまだふとんから起き上がれずにぼんやり天井を見上げるばっかりで、瑛里ちゃんの声にも反応しなかった。

でもね、と伯母は声を詰まらせ、目頭を押さえます。

――瑛里ちゃんが枕元に駆け寄って「ママ、いいこ、いいこ」ってにこにこしながら頭を撫でたの。そうしたら、希和子の目にすうっと生気が戻って、泣きながら瑛里ちゃんを抱きしめてた。あなたがいてくれなかったら、希和子は絶望したまま死んでいたかもしれない。それから少しずつ回復してはいったけど、真希ちゃんの話はいっさいしなくなって、またあんなふうになるのが心配で、わたしたちも触れられずにいたの。瑛里ちゃん、ごめんね。びっくりしたでしょう。でもこれだけは忘れないで。警察の人がどんなふうに伝えたのか知らないけど、希和子は真希ちゃんのことも、瑛里ちゃんのことも、本当に大切に思っているよ。

実家をあちこち探しましたが、やはり真希の存在を匂わせるものは写真一枚すらありませんでした。わたしなら、未希が生きていた証《あかし》をひとつ残らず処分するなんてできない。痕跡《こんせき》にさえ耐えられないほどの苦痛ってどんなもの？　裕之から「一卵性母子」とからかわれるくらいに仲がよく、瑛里子自身、自分の一番の理解者は母だと思っていましたが、同じような境遇に陥っても当時の母の心情を察するのは難しく、お母さんのことを何も分かってなかったのかもしれない、と考えずにはいられませんでした。

家に帰り、未希が最後に過ごした和室で座り込んでいると裕之が帰ってきました。真っ暗な家で放心している妻を見て「おいっ」と焦ります。

——あ、おかえりなさい、ちょっとぼーっとしてた。

——心臓に悪いよ。

——ごめんなさい。

あのね、と伯母の話を裕之にも教えようとすると、裕之が先に「あのさ」と口を開きました。

——うちの親が、一度お祓《はら》いしてもらったらどうだって。

——え？

——その、きのうの妹さんの話をしたら、家系でふたりもそういう死に方をする子どもが出るのはよくないねって。

——何言ってるの？

瑛里子の顔がみるみる険《けわ》しくなりました。

——裕くんのおうちの宗教とは関わり合いにならないって約束だったよね。

——そんな大げさなもんじゃなくて、ちょっと厄払い的な。両親も心配してるから。

——安心させるためにお祓い受けなきゃいけないの？　うちが呪《のろ》われてるとか祟《たた》られてるって言いたいの？

絶対にいや、とにべもなく拒絶すると裕之もむっとしたのか「冷たすぎないか」と気色ばみました。

——瑛里がいやがるから、父さんも母さんも極力接触控えてきただろ。未希にだって、数えるほどしか会えてなかったのに……孫が死んで悲しくて、何かしてやりたいって気持ちをちょっとは汲んでくれよ。

——何でこの状況であなたの両親に配慮しなきゃいけないのよ！　どこにそんな余裕があるの!?　どうせお祓いなんて行ったら大勢待ち受けてて、洗脳みたいにして入信させられるんでしょ！

——そんなことしないって！　いい加減にしろよ。

——いい加減にしてほしいのはこっちよ！　結婚の挨拶に行った時からおかしなパンフ見せてきたじゃない。

——何でそんな昔のことを蒸《む》し返すんだ。済んだ話持ち出す癖《くせ》、ほんとやめてくれよ。

——済んだと思ってるの、あなただけだから！

そこからふたりは、激しい口論になりました。単身赴任の件で言い争った時よりずっとヒートアップし、互いの不満をぶちまけ合いました。パートナーへの攻撃というかたちであれ、自らを奮い立たせる儀式みたいなものが、双方に必要だったのでしょう。その諍いの中で、裕之が言いました。

——瑛里はいつも言いたい放題言うくせに、後から「生理前で気が立ってて」とか弁解するだろ、ずるいんだよ。

反撃を考えていた頭が、不意に回転を止めます。そういえば、生理が来ていない。いつからだっけ？　いろんなことがありすぎて気にも留めなかった。いきなり黙りこくった瑛里子を、裕之が訝《いぶか》しげに見つめます。

——瑛里？

——何でもない、そういえば生理止まってるなって気づいただけ。たぶんストレスだと思う。ほら、結婚式の準備で忙しすぎた時もそうだったし。

KODANSHA
「ぼくの考えた魔王」が最高の漫画になりました。嵐山のり、恐るべし
一穂ミチ
祝!
吉川英治文学
新人賞受賞
話題の傑作短編がマンガになった!
スモール・ワールズ
一穂ミチ
SMALL WORLDS
講談社
「魔王」と呼ばれる最強の姉の、
笑って泣ける離婚騒動!
魔王の帰還
Ichiho Michi
原作 一穂ミチ
Arashiyama Nori
漫画 嵐山のり
(連作集『スモールワールズ』より)
一穂ミチ書き下ろし! 漫画限定の後日談も収録

――もし病気だったら怖いから、病院行きなよ。

口喧嘩はうやむやのまま終わりましたが、ふたりとも、ふしぎと後味の悪さは覚えませんでした。翌日、産婦人科を受診した瑛里子は妊娠を告げられます。

――おめでとうございます。

夫婦が最後に交わったのはいつだったか、考えるまでもありません。裕之のマンションを訪れた夜、未希が死ぬ前夜。わけも分からず奔流に吞《の》まれ、息継ぎさえままならない状態でもがいていた間にも、身体の中では新しい命が育っていた。「おめでとうございます」という言葉の温かな響きが時間差で胸に沁《し》みてくると、瑛里子は診察室で声を上げて泣きました。もう、自分の人生で二度と祝福の言葉など聞けない気がしていました。それを望むことさえ許されないだろうと。でも流れる涙は熱く、心臓も熱く、確かに瑛里子の全身が歓《よろこ》んでいました。

裕之に妊娠を伝えると、裕之も「そうか」と頷き、泣きました。

――そういえば、僕たち、未希の葬式の時にも泣いてないよね。

――そうだね。めまぐるしくて、この先どうなるか不安で、あの子をちゃんと送ってあげられなかった。

我が子を喪《うしな》った悲しみと静かに向き合う夜がようやく訪れました。ふたりは未希の思い出を語り、携帯に残った画像を見返しては涙を流しました。瑛里子にとっては、希和子の献身を振り返る作業でもありました。母がどんなに瑛里子に優しかったか、未希を慈《いつく》しんでくれていたか。涙は後から後から溢《あふ》れてきます。目の奥にきれいな泉が湧き、あらゆる濁りを洗い流してくれているようでした。瑛里子は、自分が最悪の時期を脱しようとしているのを感じていました。わたしにはやらなきゃいけないことがある、とも。

留置場に出向き、妊娠を告げると、希和子は「そう……」と途方に暮れたようにつぶやいたきり、目を伏せてしまいます。どう反応すればいいのか分からない、という迷いが、感情より先んじていました。自分に喜ぶ資格なんてあるのだろうか。

――「おめでとう」って言ってくれないの?

静かな声に顔を上げると、娘のやわらかな微笑がありました。未希を産んだ後と同じ美しさを感じ、希和子ははっとします。一方の瑛里子も、一連の出来事によってやつれた母の姿を、ようやくまともに認識することができました。髪の生え際は真っ白で、化粧っ気のない肌は不健康に青ざめ、大小のしわは顔じゅうに刻まれた無数の傷に見えました。希和子は特に美人ではありませんでしたが、いつも身ぎれいにしていて、外に出ない日も薄化粧をし、宅配の荷物を受け取る時にだってぼさぼさの頭で玄関先に出るようなまねはしませんでした。妙に聞こえるかもしれませんが、その時瑛里子の胸には母性のようなものが湧き上がりました。自分の母親に対して、です。お腹の子と同じく、わたしが守ってあげなきゃ死んでしまうかもしれない。死なせるわけにはいかない。そのためならわたしは、いくらでも強くなれる。

——お母さんは何も悪くない。

瑛里子はきっぱりと言い切りました。

——必ずここから出してあげるから、生まれてくる赤ちゃんを抱っこできるのを楽しみにしてて……わたしを信じて。

痩《や》せこけてしぼんだ希和子の頰に、涙がすうっと伝い落ちました。それは自分が夫と共に流した涙と同じものだと瑛里子は思いました。アクリル板に隔《へだ》てられ、拭ってやることは叶《かな》わなかったので、片手を上げ、空中で頭を撫でる仕草をして慰めます。

いいこ、いいこ。

それから瑛里子は、夫の手も借りつつ猛然と情報収集を始めました。警察や搬送先の小児科医の言い分は必ずしも正しいとは言えず、乳幼児の事故死で「虐待」のレッテルを貼られてしまった親や保護者が自分たちの他にもいることを知ると、SNSを通じてあちこちにコンタクトを取りました。彼らは親身に耳を傾け、すぐに同様のケースを扱った経験のある弁護士や脳神経外科医を紹介してくれました。起訴される前にこちらから最大限働きかけたほうがいい、というのが経験者からのアドバイスでした。

——そもそも、ＳＢＳっていう概念自体が疑問符だらけなんですよ。

紹介された医師は、瑛里子に分かりやすく説明してくれました。

——いわゆる「三徴候」っていうのがありまして、硬膜下血腫、眼底出血、脳浮腫《のうふしゅ》、これらが見られる場合はＳＢＳを疑ったほうがいいと。そしてこの三徴候は、三メートルぐらいの高さから落ちない限り生じない、だから、第三者が人為的な力を加えた可能性が高いという基準があるんですが、百パーセントではありません。虐待の結果三徴候を示したからといって、三徴候のすべてが虐待の結果とは言えないわけです。赤ちゃんの頭蓋骨はとてもやわらかいので、畳やプレイマットの上で転倒しても乳幼児型急性硬膜下血腫に陥るケースは十分考えられます。アメリカでは、ＳＢＳ理論を基に虐待とみなされた刑事事件のうち約一割が起訴の取り下げや有罪判決の破棄などに至ったという報道もありますから。


　もちろん、子どもを故意に傷つけるような事件はあってはならないことで、加害者の責任は追及されるべきですし、加害を見逃さない細かな網の目は必要です。でも、その中で無実の人間が絡まり、苦しんでいるとしたら——彼らは保身に長《た》けた嘘つきでしょうか。それとも、無責任な不届き者でしょうか。子どもを育てていく中で、「あの時ああしていればよかった」という後悔が一瞬もない親はいるでしょうか。子どものちょっとした行いであわや、と蒼白《そうはく》になった経験のない親は？　子どもの成長というのは「たまたま無事でいてくれた」日々の積み重ねだと感じたことのない親は？

うちの息子も小さい時はわんぱくで、とベテランの弁護士がしみじみと語りました。

——妻が何度肝を冷やしたか。家庭って、ある意味ブラックボックスですからね。外からは見えないし外に分かってもらうことも難しい。

そのわんぱくだった息子は無事に成長し、父親と同じく弁護士になったそうです。未希はどんな大人になっただろうと想像するとまた瑛里子の胸は痛みましたが、痛みこそが瑛里子を突き動かす原動力でした。弁護士は希和子に供述の受け答えや被疑者ノートをつける際の注意点を具体的にレクチャーし、医師による二十ページ以上の意見書を検察に提出してくれました。そこには「当該患児は軽微な打撲《だぼく》によって硬膜下血腫を発症したものであり、虐待の可能性を否定するのが妥当である」と明記されています。

わたしは、お母さんを「信じる」なんて言わない。瑛里子は自分自身に誓いました。お母さんは何もしていない、信じるまでもない事実だ。もし裁判になっても怖くない、何年かかろうがそれを証明してみせる。波に呑まれ、溺《おぼ》れて沈みかかっていた瑛里子が、今は潮目をじっと見極め、岸まで泳ぎ着こうとしていました。母とまだ見ぬ子、ふたりの命を抱えて。

二十日の勾留《こうりゅう》期間が満了し、検察が下した判断は「不起訴」でした。「帰っていいですよ」と何の説明もなく、逮捕された時より不親切に、希和子は釈放されました。私物を持って留置場を出ると、瑛里子が待っていました。

——瑛里子、お母さん、もういいの？　もうあれこれ調べられなくていいの？　うちに帰っていいの？

まだ現状を把握できず、きょとんとしている母を、瑛里子がぎゅっと抱きしめます。

——うん、もう大丈夫だからね。

——瑛里ちゃん、ごめんなさい。

希和子の涙が瑛里子のカーディガンを濡らしました。

——お母さんのせいじゃないよ。

——違うの。昔、瑛里ちゃんが大事にしてたお人形を捨ててしまったの。真希だと思って抱き上げたら人形だった、そんな夢ばかり見て、つらくて……。何で今まで忘れてたんだろう、ごめんね。

——そんなこと、どうだっていいよ。

瑛里子はようやく母の涙を拭うことができました。

——おかえり、お母さん。

やがて生まれた赤ん坊は女の子で、真実《まみ》と名づけられました。真実《しんじつ》。いい名前ですね。お弁当を広げて、楽しそうなピクニックは続きます。公園で一番大きな欅《けやき》の枝に座り、わたしはみんなを見下ろしています。わたし――真希です。肉体こそありませんが、母と姉の側でずっとふたりを見守ってきました。容れ物がなくても中身は育つのです。親がなくても子が育つように。子がなくても親は育つのでしょうか？　生きるだけなら、できるみたいですね。母の希和子が何も悪くないことなど、わたしには最初から分かっていました。

あの日の出来事について、お話ししたいと思います。母が蓋をした記憶の、さらに二重底になって封印されている部分。

わたしは、ふとんの上に寝かされていました。急な通り雨に気づいた母が洗濯物を取り込むため、庭に出ます。すると、隣で眠っていた姉の瑛里子がぱちっと目を覚まし、わたしを見てにっこり笑いました。そしてよちよち立ち上がり、いつもお気に入りのお人形にするようにわたしを持ち上げようとしました。抱っこをしたかったんですね。わたしの頭を両手で持ち、すぐその重さに耐えきれず離してしまいます。ぽすん、とわたしの頭は敷きぶとんに落ちます。それが何度か繰り返されると、姉はバランスを崩してわたしの顔の真上に倒れ込みました。やわらかいお腹がわたしの鼻と口を塞《ふさ》ぎ、わたしは苦しさに短い手足をじたばたさせましたが、すぐに何も感じなくなりました。母が戻ってきたのは、それから間もなくです。

髪を振り乱して絶叫する母を父が必死に抑えるところを、わたしは天井の片隅から見ていました。

――お前は悪くない、瑛里子も悪くない。真希は病気だったんだ。病気で、突然心臓が停まってしまった。それだけだ。いいか、誰も、何も悪くない。忘れるんだ。

母の心はしばらく仮死状態に陥りましたが、姉のおかげで息を吹き返し、父が繰り返した言葉を真実と定めて再起動を始めました。残念ながら、父には優しい嘘を言い聞かせてくれる人がいなかったので、持ち重りのする秘密に耐えきれず、自滅のような死を迎えてしまいました。そのせいでしょうか、父の中身が、わたしのように地上に留まることなく遠くへ行ってしまったのは。あれはどこなんでしょうね。お父さんと話がしたかったのに。残された母の心の奥底に、父の声はますます深く強く刻まれました。誰も悪くない、真希は病気だった、忘れなくてはいけない。

そして、もうひとつの「あの日」。よく晴れた暑い夏の終わり、表ではためく洗濯物、突然の雨。和室のふとんで眠る赤ん坊、その上にかけられたベビーケットの色まで、何もかも、似すぎるほどよく似ていました。洗濯物を抱えて室内に戻った母は、突如《とつじょ》、自《みずか》ら封印した記憶に揺さぶられます。あの日のリプレイのようなあの日。

真希？　真希なの？　いいえ、真希はもういない。いつもの悪い夢だ。

母は、目の前の赤ん坊を両手で抱き上げます。未希は眠ったまま反応しません。ほらね、真希にちっとも似てないお人形、ただのおもちゃ。分かってるから、もう泣かないの。あの人形は捨てたはずなの。こんなのいらない。母の手から放り出されたお人形――未希が、頭からふとんに落ちます。そして母は、白昼夢から覚めます。覚めた瞬間に忘れます。

誰も悪くありません。お母さんも、お父さんも、お姉ちゃんも。そうですよね？――そこの、あなた。わたしが見えていますよね。わたしの代わりに伝えてほしいんです。真実とお母さんを、絶対にふたりきりにしないで。お母さんの中に眠っているものを二度と起こさないようにして。お願い。わたしを信じて。

早く。

花うた

——二〇二〇年十一月

伊佐利樹《いさとしき》様

今年も残すところあとわずかとなりましたが、いかがお過ごしでしょうか。先日、勤め先の病院でこの言い回しを使ったところ、まだ二十代前半の後輩看護師から「早すぎですよ」と笑われました。彼女の感覚では、クリスマスを過ぎてからが「あとわずか」なのだそうです。でも、わたしにとって十一月なんてもう一年の終わりです。もっと言うと、九月あたりからそんなふうに感じる時もあり、加齢とともに「あとわずか」は前倒しされていくのかもしれません。もっと年を取ると、正月が明けた途端に「あとわずか」だったりするのかもしれません。

何にせよ、大樹《たいき》先生のお葬式の時、まだ日中は暑いくらいの陽気だったのに、今はもうコートが手放せません。早いものですね。四十九日を過ぎ、少し落ち着かれた頃でしょうか。事務所の引き継ぎなどまだまだ気の抜けない日々だと思いますが、お身体には気をつけてくださいね。

本来ならば秋生《あきお》も一緒にお葬式に伺いたかったのですが、大勢の人の前で失礼な振る舞いをしてしまい、悪目立ちするようなことがあってはいけませんので、わたしひとりでの参列となりましたこと、お詫び申し上げます。先週、墓前にてお別れの挨拶をさせていただきました。どなたか見えたばかりだったのか、墓石はぴかぴかと光り、供花の菊の花びらには水滴が残っていて、何だか嬉しくなりました。秋生は桜が好きなので「桜はないのですか」としきりと尋ねてきました。墓地の近くには桜の木が何本かありましたから、次の春がくれば、満開を過ぎた花びらが風に吹かれて先生のところにまで届くかもしれないと話すと、満足そうに頷いていました。

大樹先生には本当に長い間お世話になりました。今のわたし、わたしたちがあるのは、先生のおかげです。……と去年お会いした時に申し上げたら、大樹先生が何とも言えず複雑なお顔をなさっていたのを覚えています。それでいいのか、とわたしに問うようでも、これでよかったのか、と自問するようでもありました。最期までわたしたちのことを案じてくださった優しい先生のご冥福を心よりお祈りするとともに、利樹先生が静かにお父様を偲ぶ時間が持てますようにと願っております。

また、折を見て秋生と共に事務所にお伺いできれば幸いです。

向井深雪《むかいみゆき》

＊

――二〇一〇年五月

向井秋生様

手紙の、一番最初の書き出しって難しいものですね。ナントカの候とかナントカの折とか、面倒で堅苦しいと思ってたけど、滑り出しに必要なものなんでしょう。とりあえずペンを動かすための言葉だと気づきました。

弁護士の伊佐先生にお会いして、あなたのことを聞きました。半官半民の刑務所があって、そこであなたは特別なプログラムを受けているのだと。

今、どんな気持ちで過ごしているんですか？

新堂深雪《しんどうみゆき》

新堂深雪さま

向井です。手紙をもらってびっくりしました。伊佐先生が面会に来てくれて、新堂さんから手紙をもらったと言うと、よく考えて返事を書きなさいと言うのでこれを書いています。人に手紙を書いたことがないので、どうゆうことを書いたらいいのか分からないです。どんな気持ちで過ごしているかとゆうと、それもよく分かりません。もちろん、自分がわるいことをしてここに来たのは分かってます。

向井秋生

――二〇一〇年六月

向井秋生様

悪いことって、簡単に言うんですね。そしてはっきり書かないんですね。自分の罪と向き合うのが怖いんですか？　あなたに突き飛ばされて死んだ兄はもっとずっと怖かったと思いますけど。わたしがなぜ手紙を書いたかと言うと、今更、ものすごく腹が立ってきたからです。人混みの中で肩がぶつかったなんてベタでくだらない理由で人の肉親を死なせたあなたに、傷害致死で懲役五年という量刑の短さに、あなたが「刑罰より更生を」という素敵な取り組みをしている刑務所に入って、なぜかその対象に選ばれて教育を受けているらしいことに。何より、裁判に一度も出ず、あなたの顔を直接見ることも、声を聞くこともしなかった臆病な自分自身に。

五年って、あなたにとっては長いですか？　今二十三歳、出所する時には二十八歳。兄は三十五歳で死にました。深刻な持病もなくて健康だったから、平均寿命で考えるとあと五十年くらいは生きたかもしれません。その五十年を奪っておいて、たった五年で償えるなんてすごく得ですよね。四十五年お釣りがくる。しかもその五年、簡単な仕事と、「特別な更生プログラム」をこなせば税金で衣食住を世話してもらえるなんて。どう考えてもおかしい。伊佐先生からもらった刑務所の資料を見ると、真新しくてきれいで、すべての囚人に個室が与えられてて、わたしが映画やマンガからイメージしていた「ムショ」とは程遠かった。いいご身分ですね。

あなたの何が特別で、選ばれたんですか？　若くて反省してるから？　やり直せる可能性があるから？　あなたが優遇されることによって兄が生き返ったりするんですか？

手紙はすべて開封されると聞いたので、こんなことを書いたら届かないかもしれませんけど、別にいいです。書きたかっただけなんで。

新堂深雪

新堂深雪さま

すいません、はっきり書かなかったのは、新堂さんがつらくなるかなと思ったからです。伊佐先生が、せい神的にショックを受けてさい判には出てこられないって言ってたので、あんまそうゆうの、よくないかと思いました。自分の罪は、傷害致死です。↑漢字が覚えられなくて、新堂さんの手紙見ながら写しましたが、字が間違っていたらすみません。

更生プログラム、何で自分なのかは分かりません。伊佐先生から言われて、心理テストとか、ふつうのテストみたいなのとか、面せつとかあって、東京のけいむ所からすぐ移されました。

けいむ所に入るのは始めてでこわかったので、ちょっとでもゆるそうなところがいいなとは、正直、思いました。あと、伊佐先生から、出所してもどうしてもまたはん罪をしてしまう人も多いと聞いたので、そうならないようなことができるなら、勉強はきらいだけど、やってみたいと思いました。五時に夕食なので、さっさとねむらないと腹がへってねれなくなります。そうゆうときは朝までめちゃめちゃ長いです。でも工場で作業してるとあっという間の時もあります。だから五年が長くかんじたり、すぐだなってかんじたりします。

手紙はけんえつされますけど、自分がわるいことを書かなかったら大丈夫だと思います。わるいことの内容をはっきり書いたらだめかもしれないので書きません。新堂さんは、書きたいことを書いてください。

向井秋生

――二〇一〇年七月

向井秋生様

お腹が減ること、ごはんを食べること、眠ること。兄にはもうできない、全部あんたが奪ったから。よくそんなことをのうのうと書けますね。反省ってしてますか？

新堂深雪

新堂深雪さま

自分が生きてるだけで新堂さんはいやでつらいんだろうなと思います。でも、自分で死ぬゆう気がないです。反せい、ってどうゆうことでしょうか。↑こんなことを書いて、またむかつかせていたらすみません。

もし、あの時にもどれたら、お兄さんをつきとばしたりしないです、でもそれは、つかまりたくないからです。お兄さんが後ろにたおれて、手とか足がビクンビクンしてて、口からあわが出てて、すごくこわかったです、もう見たくないです。それは、反せいじゃないですよね。

新堂さんからの手紙をよむのもこわいです。ちゃんとしたきれいな字でおこられるのは、手のひらが汗でびしょびしょになります。字はなぐったりけったりしてこないのに、ちょっとよんですぐたたんで、何回もしんこ吸してからじゃないとだめです。

向井秋生

——二〇一〇年八月

向井秋生様

じゃあ何で読むの？　無視すればいいのに返事を書くの？　……ということを、自分自身にも感じています。あなたの汚い字、誤字だらけで「とゆう」とか書いてある頭の悪い日本語、いちいち神経を逆撫でしてくる文面にいらいらするのに、わたしは目を通し、こうして今みたいに返事を書いています。毎日決まったスケジュールを消化すればいいあなたと違って、忙しいのに。何でこんな人にお兄ちゃんが殺されなきゃいけなかったんだろうって、空しくなるのに。

死んでほしいなんて言ってないでしょう。生きていてほしいとも思わないけど。わたしのせいにされたらいやなので、自殺なんて考えないでください。あなたが死んだって兄は戻ってこないし、償いになると思われたら、それこそわたしへの侮辱です。

新堂深雪

——二〇一〇年九月

新堂深雪様

返事が遅くなってすいません。「とゆう」は「という」って書くんですね、知りませんでした。間違いだらけで、すいません。伊佐先生に、辞書を買いたいので、自分でも分かるやつを教えてくださいと手紙を書いたら「息子が小学生の時に使ってたやつだけど」と送ってくれました。漢和辞典と国語辞典、二冊もです。作業でもらえるお金を貯めて自分で買おうと思っていたのですが、辞書は高いので何年もかかってしまうみたいです。これからは、もうあまり間違えないと思います。汚いのは、練習します。これを書くまでにも、辞書で調べる練習や、漢字の練習をしていたのですが、まだまだです。本当は鉛筆のほうが消せていいのに、ボールペンしか使ったらだめなので、失敗しないよう、一度ノートに書いたのを写します。それでも間違えて、どうしてもぐちゃぐちゃって消したとこがあったりします。新堂さんは間違えないですか。普通に間違えたら全部書き直してますか。それはすごく大変だと思います。普通の人は、普通にできるんですか。できますか。ちゃんと学校に行って勉強を頑張ってたら、できますか。普通の人が普通に頑張ってきたことをしなかったから、自分は今ここにいるような気がしてきました。ここまで、辞書を見ながら書いたらいつもよりめちゃくちゃ時間がかかりました。でも、漢字がいっぱいで、紙が黒いのがかっこいいなと思います。

新堂さんからの手紙を、何で読むのかというと、あったらどうしても読んでしまうというか、怖いけど、自分に向けて何か書いてくれたということが、すごいと思うからです。今まで生きてきて、手紙をもらったことも書いたこともありませんでした。手紙を書く苦労も、読むのがしんどいことも知らなかったです。封筒にも中の紙にも「向井秋生様」って書いてあって、「様」とあると、自分がまともな人間みたいでハッてなります。

もちろん、まともじゃないのは分かってます。また新堂さんの神経を逆撫でしてしまうかもしれないので書きながら怖いです。手紙は顔が見えないから大変ですね。

紙に、新堂さんの字がいっぱいあったら怖くて、ちょっとだったら、ほっとするけど、何か「ああー」っていう気持ちにもなります。空に白っぽい雲が出てて、雨もぱらぱら降っていて、でも全体的にはへんに明るい、そんな昼間みたいな気持ちです。頭が悪いからうまく説明できなくてすみません。頭の中のことを書くのは、とても大変ですね。

こんなにたくさん字を書いたのは、生まれて始めてです。四時間ぐらいかかりました。死なないようにします。

向井秋生

向井秋生様

二ヵ所、誤字があります。後半、辞書を引くのをサボったでしょう。……手紙をどんなに書いても兄には届かないとか、そういう文句を書こうとしたのですが、きりがないなと思ったら、真っ先に思いついた内容がそれでした。わたしは早くもあなたを責めるのに行き詰まったかもしれない。人にキレた経験がないし、言い争うのも苦手です。勘違いしてほしくないのは、許すという意味ではなく、何をどうしたって兄は生き返らない、それはわたしも同じだということです。いちいちあなたの文章に絡んだところで何も変わらない。じゃあ何を書けばいいんだろう、迷うくらいならペンを置いてさっさと寝てしまえばいいのに(午前三時です)。

わたしも、あなたからの手紙を読むのが怖い。それは、前にも書いたように、生身の向井秋生を知らないから。新聞の小さな記事に顔写真はありませんでした。裁判が始まってからの、あの独特なタッチの法廷イラストはどの程度似ているのか分かりません。

兄が死んでからの半年間、抜け殻のように生きてきました。仕事も休職して、引きこもって、ほとんど家から出ずに過ごしました。身内も友人も恋人もいないのでとても簡単なことでした。でも、ある日、部屋の電球がいくつかまとめて切れ、仕方なく外に出たら桜が満開だった。夜明けの、誰もいない公園で、わたしのために、たった今、一瞬で、満開になってくれたような気がしました。わたしの時計を動かすために。もちろんそんなはずはなくて、季節が移り変わったのにも気づかないでいただけ。涙が出ると同時に、何かをしなければ、と急に焦ったのを覚えています。伊佐先生に会いに行くと、優しい声で「向井くんに手紙を書いてはどうですか」と勧められました。「彼を、お兄さんを死なせた犯人という得体の知れないモンスターのままにせず、ひとりの人間としてあなたの怒りや悲しみをぶつけてみてください」と。できるかどうか分かりませんでしたが、とりあえず助言に従ってみることにしました。「もっと苦しくなったら先生のことまで恨んでしまうかもしれない」と言うと、先生が「構いません」と頷いてくれたから。

あなたは空腹の夜が長いと書いていましたが、わたしにもそんな夜があります。どんなに疲れていても眠ることも安らぐこともできない、ぽっかりと穴に落ち込んでしまったような夜。何も手につかず、もともと趣味などもないので、ベッドの隅っこにじっと座って朝を待ちます。十年も年を取ったんじゃないかと錯覚しそうなほど長い。でも、こんなふうに手紙を書いていると、夜明けの光が近い。暇つぶしと言ってしまえばそれまでですが、楽しいとかすっきりするとかじゃなく、わたしにとって必要な行為なのかもしれません。そういえば、わたしも、こんなに長い手紙のやり取りをするのは初めてです。父の日や母の日にカードを贈る程度でした。

長くなりましたのでこのへんで。

新堂深雪

新堂深雪様

誤字、分かりました。「逆無で」は「逆撫で」、「始めて」は「初めて」ですね。辞書は「引く」っていうのも知りました。

自分の顔ですか、写真撮って送れたらいいんですけど、刑務所からは無理ですね。かっこいいともブサイクとも言われたことはないです。そういうことが知りたいんじゃなかったらすみません。

伊佐先生はいい人です。自分は金を持ってないし、バカだからイラつくこともあると思うのに、いつでも優しかったです。それは、プログラムの先生も同じです。刑務所の中では番号で呼ばれますが、週に三回、二時間ずつのプログラムの時は「向井さん」と呼ばれます。敬語も使ってくれます。ちゃんとしたシャツを着てかしこそうで、本当にかしこいんだと思います。自分が今まで会ったことのない人たちです。自分が気づいてなかっただけで、かしこくて親切な人が、実はこの世にたくさんいるんでしょうか。自分の周りには、殴る側のやつか殴られる側のやつしかいませんでした。

新堂さんは、これを夜中に読んでいますか。自分は消灯時間が決まっているので、九時になったら布団に入ってじっとします。昔は、夜明けまで飲み歩いて昼間に寝ていました。そういえば、逮捕されてからずっと酒もタバコもやっていません。今は別に欲しいと思わないので、本当は好きじゃなかったのかもしれません。腹が減って寝れない夜、腹がギューッとへこむ感じがして、心臓の音とか、呼吸とか、いつも気にしないことが気になってたまらない、そういう時、なぜか分かりませんが叫び出しそうになります。本当にやったらすぐ刑務官さんが来てすごく怒られるのでしません。代わりに、手をグーにして、親指の生え際らへんを噛みます。子どもの頃からのクセで、同じ場所ばっかり噛みすぎて今はでっかいタコができてます。もっと別の場所なら、空手とかで鍛えたみたいで強そうなのに、間違えました。でも、ここじゃないと落ち着きません。

何を書いたらいいのか分からなくなってきました。新堂さんがちゃんと眠れますように。

向井秋生

——二〇一〇年十月

向井秋生様

わたしはお酒もタバコも知りません。どちらも兄が大嫌いだったので。そういえば、本や新聞は「引く」って言いませんね。昔は辞書を「字引き」と呼んだみたいなので、そのせいでしょうか。

殴る側と殴られる側なら、どっちがいいんですか？

それと、プログラムの内容について差し支えない範囲で教えてください。

新堂深雪

新堂深雪様

字引きですか、また新しい言葉を覚えました。引き出しを開けたらいっぱい字が詰まってる感じがしていいですね。

殴ると殴られる、難しいです。ボコられたら痛くて怖くて、でもこいつ許さねえ、絶対殺してやるって思います。強気にならないと、ボコられ役でポジション固定されて悲惨なんで。ただのしゃべるサンドバッグ扱いです。ボコると、今度は、自分が「殺す」って思うみたいに思われてることが怖いです。酔っ払ってる時とか、立ちションしてる時とか、後ろから来られたらまず勝てないので。どっちもしんどいですね。自分は体でかいわけでも、格闘技やってたわけでもないから、いつもビクビクしてました。

プログラムは、普通にしゃべってます。更生とか共生（↑きょうせいっていくつも漢字がありましたが、これで合ってますか？）って聞いた時は、頭にヘルメットみたいなのをかぶせられて、電流が流れてめちゃくちゃ痛くて、痛いのが終わったらまともな人間になってるのを想像してビビってました。でもそういうのは全然なくて、四十人くらいの受刑者がいくつかのグループに分かれて輪になって椅子に座って、先生が、最初の日にお互いの顔をじっくり見てくださいって言いました。普段しゃべれないようなことも、ここでは話し合えます、一緒に学んでいくメンバーです、そう言われてもいやでした。男の顔なんかあんま見たくないし、見られたくないし、キョドりまくりました。それで、自己紹介、名前と年齢と、どんな罪でここに入ってきたか。受刑者同士で私語するのは基本禁止なんで、それでもするやつはいると思うんですけど、窃盗とか詐欺とか恐喝とかって告白する中、自分が「傷害致死です」って言った時、ちょっと空気変わりました。あの、これ、自慢のつもり全然ないです。みんなおんなじように、何か悪いことして刑務所にきたけど、人を傷つけて死なせたっていうのは、引かれるんだなって思いました。

どういう状況で犯罪をしたのか話します。全員居心地悪そうでした。貧乏ゆすりしたり、腕とかボリボリかいたり。自分も、親指のとこギーッて噛んでました。しゃべるの下手な人もいて、長いと聞くの疲れます。他人の話って基本しんどいです。でも先生は、わけ分からない話ダラダラされても怒りません。うん、うん、って頷きながら聞いててすごいと思いました。最初のほうはそんな感じです。思い出しながら、書いて大丈夫そうだったら、また、書きます。

向井秋生

――二〇一〇年十一月

向井秋生様

わたしから尋ねたこととはいえ、殺すとかボコるとか、そんな物騒な言葉、よく書いてよこせますね。神経疑います。あなたみたいな人間を軽蔑するし、嫌いです。

新堂深雪

新堂深雪様

いやな思いをさせてすいませんでした。新堂さんから何か聞いてくれたのが嬉しくて図に乗りました。自分も、自分みたいな人間が嫌いです。申し訳ございません。

向井秋生

——二〇一一年二月

向井秋生様

前回の手紙を十一月に受け取ったのに、今はもう二月です。あっという間に年を越してしまいました。いろいろ考えて、返事を出せずにいました。まず、わたしが前に出した手紙が八つ当たりだったことを白状しておきます。あなたに腹が立っているのはもちろん今もですが、あの時は別の要素でいらいらしていて、ちょうどそのタイミングであなたからの手紙を読み、感情を抑えられませんでした。わたしはあなたに怒っていい立場ではありますが、濁ったというか、まっすぐでない怒りをぶつけるのは、それこそ、あなたをサンドバッグにしているのと同じで卑怯だから反省しなくてはいけない。……という気持ちを、こうして認められるようになるまで、時間が必要でした。

ひどいことを書いてごめんなさい。

新堂深雪

新堂深雪様

返事がきたことにびっくりしました。もう、自分と関わるのがいやになって書かなくなったんだろうなと思っていたからです。だから、中を見るのは、いつもよりもっと怖かったですが、読んで、ほっとして、新堂さんが謝っているのにびっくりして（びっくりしてばかりです）どうしたらいいか分からなくなりました。謝ることじゃないです。自分のほうこそごめんなさい。新堂さんは真面目な人です。

向井秋生

——二〇一一年三月

向井秋生様

真面目ってよく言われます。一度も嬉しかったことはないです。努力して真面目になったわけじゃなくて、何も考えずに生きてきて気づいたらこうなってたってだけなんで。

どうして八つ当たりしたのか、ちゃんと説明していませんでしたね。わたしは看護師をしているのですが、病院の師長さんから、新聞の取材を受けてくれないかと言われました。師長さんの旦那さんが新聞記者で、犯罪被害者遺族に関する特集記事を組むから、と。正直、いやでした。事件やわたしについて、家でどんなふうに話したんだろうと想像するだけで滅入ります。でも師長さんにはお世話になっていますし、休職で迷惑をかけたし、もっとはっきり言えば、年も立場も上の人に断れなかったんです。わたしは自分の考えを言うのが苦手で、自分が我慢すれば丸く収まるなら大抵のことは飲み込んでしまう癖がありました。

取材自体は、あっさり終わりました。さすがにプロの方だけあって、わたしが言葉に詰まったり顔をしかめたりすると、サッと質問を変えて気遣ってくれて、若干気が楽になりました。あなたとこうして手紙をやり取りしていることは話していません。「加害者についてどう思いますか?」と聞かれて「まだ気持ちの整理がつきません」と答えただけです。

しばらく経って「身内を褒めるのも恥ずかしいけどすごくいい記事」と師長さんがちっとも恥ずかしくなさそうに新聞をくれました。何が「いい記事」なのか、わたしには分かりません。わたしの名前は浅川佳代《あさかわかよ》さん(仮名)とされていました。この、似ても似つかないカッコ仮名は誰がどうやって考えたんでしょうね。見慣れない名前のせいだけじゃなく、そこに書かれているのは赤の他人の話に思えました。決して嘘も誇張もないのですが、「両親を亡くして兄妹ふたりきり」「年の離れた兄が親代わり」「兄の勧めで看護の道に進み現在NICUで奮闘」「事件の後しばらくはショックで心を閉ざした」、ひとつひとつの言葉に間違いはなくても、うっすらとお化粧を施されてよそ行きに飾られた感じがして、これを誰かが読んでかわいそうだなとか頑張ってほしいとか、わたしに善意を寄せてくれるのかもしれないと思うと、何だか後ろめたかった。なのにわたしは「ありがとうございます」と師長さんに頭を下げ、犯罪被害者遺族で結成されたサークル（？）のパンフレットまで受け取ってしまいました。それら一連の出来事にムカムカしてたまらず、あなたに当たってしまいました。なぜあなたなのかというと、他に誰もいなかったからです。

プログラムの話、もっと聞きたいです。「きょうせい」は「矯正」だと思います。

新堂深雪

新堂深雪様

矯正、難しい字ですね。何度か練習しましたが、「橋」と書きそうになります。NICUという言葉は「新生児集中治療室」でいいんでしょうか。英語だから英語の辞書じゃないとダメかなと思ったら、国語辞典にあったのでホッとしました。赤ん坊の面倒を見るのは大変そうですね。

新聞の話を読んで、新堂さんはやっぱり自分のせいでいやな思いをしたので、申し訳ないと思いました。でも、真面目じゃないより、真面目なほうが全然いいです。

プログラムには座学もあります。アンガーマネジメントという、ムカついた時に気分を静める方法を習ったり、トラウマとかセラピーとか、カタカナの言葉を習います。これは、眠たくなってしまう時もあります。輪になって話し合う時は、眠たくはなりませんが緊張します。自分の番もだし、人が話す時もその人の緊張が伝わってきてハラハラするので親指を噛んでばかりいます。最近、タコが大きくなってきた気がします。前の手紙で「先生」と書きましたが、本当は「支援員」と呼びます。ボランティアと言って、お金はもらえないらしいです。信じられないです。順番に立って、自分の小さい時の話とかします。大体、似たような話です。親に殴られたとか貧乏だったとか、夜は家に入れてもらえなかったとかです。五分単位で勉強と習い事の予定を決められ、トイレに立つのも許可が必要だった、という話をした人が「だからここの生活はある意味懐かしいです」と言った時はみんな笑ってしまいました。

ひとり話すたびに、周りが質問します。親に殴られた時、タバコの火を押しつけられた時、どんな気持ちだったのかとか、何でそんなことをされたと思いますか、今、家族や周囲の人にどんな気持ちですかとか。聞くのも聞かれるのもキツいです。自分の考えを伝えるのはすごく難しいし、何で思い出したくないことを人前でしゃべらなきゃいけないのかと思います。頭に電流を流されるほうがきっと楽です。泣き出す人もいます。大人の男が、ただみんなで話してるだけで涙を流して、支援員の人も笑ったり「泣くな」と怒ったりしません。不思議なところです。

もっと書けるのですが、このへんにしておきます。新堂さんがいやな思いをしていませんように。

向井秋生

——二〇一一年四月

向井秋生様

NICUについてちゃんと説明しておけばよかったですね。赤ちゃんのお世話をしていると、「神様なんてこの世にいない」と思う瞬間と「神様は絶対にいる」と思う瞬間の両方がしょっちゅうあります。確かに言えるのは、どんな赤ちゃんも神々しく、その丸ごとを肯定されて然るべき存在だということです。生きていくのが大変な子ばかりがくるところですが、どの命も例外なく愛おしいと思います。わたしたちは赤ちゃんの時にすべてを持っていて、成長とともにすこしずつ失っていっているのかもしれません。

プログラムの中で対話を重ねているようですが、あなたの中で、何かが変わった実感はありますか？　たとえば反省の気持ちや、もうこんな事件を起こさないようにしようという決意みたいなもの。それとも、育った環境など、自分では選べないものが悪かったから仕方ないと感じたりしますか？

問い詰めたいわけじゃないんです。なぜこんなことを訊くのかというと、先日の手紙に書いた「犯罪被害者遺族のサークルみたいなもの」の集まりに行ってきたからです。相変わらずの断れなさで、師長さんから「連絡してみた？　どうだった？」とたびたび言われて行かざるを得なくなってしまったというか……。師長さんが、わたしを心配して厚意で言ってくださるのでなおさら「行きたくないです」とは言えませんでした。

市民ホールの会議室で、ささやかなお茶会みたいな集いでした。ペットボトルのドリンクと、持ち寄りのお菓子。思っていたほど湿っぽい雰囲気ではなく、新入りのわたしは、「兄を亡くしました」と簡単な自己紹介をして後は皆さんの雑談を聞き、何か訊かれると最低限の答えを返しました。取材ではなく、同じ目線の人たちとなら気安くいろんな話ができるんじゃないかという期待がほんのすこしはありましたが、結局、後味の悪さだけが残りました。

わたしは大人で、安定した仕事に就き、扶養家族もおらず、兄が死んだからといって現実的に何も困っていないからです。日常は兄を欠いたまま不都合なく進行し、経済的に困窮しているわけでもありません。また、親や子を奪われた悲しみに比べると兄弟姉妹は、誰もはっきりと言いませんでしたが「まだまし」みたいな空気を感じました。わたしは意地悪な人間なのかもしれません。でもそのお茶会で、残された者の痛みにもランクがあるのだと感じてしまいました。受刑者同士で罪の軽重が量られるように、ヒエラルキーがあるのです。子どもでも、幼いほうがかわいそうですし、ひとりっ子かそうでないかでランクは変わってきます。「新品のランドセルを一度も背負わないまま会えなくなった我が子」、「部活に打ち込んで誰からも好かれていた成績優秀な我が子」のエピソードは、「悲しむ権利の主張」に聞こえました。もう、あそこには行かないと思います。悲しみの深さを比べながら分かち合い、傷を癒し合うという器用なことができないから。

こんなことを書いて引かれるかな、と心配している自分がおかしくなってきました。あなたに嫌われたからって、何なの。外で鳥がさえずっています。もう朝です。刑務所の朝は、どんな音がしますか。

新堂深雪

新堂深雪様

引いたりはしません。新堂さんは、自分が考えつかないようなことを考えるんだなあと思いました。自分の後頭部には父親につけられた傷がありますが（机の角に叩きつけられて縫ったからです）、俺は包丁で切られたと腹の傷を見せてくる人はいました。わざわざ変なアピールをしてくるなと不気味でしたが、あれもランクということなんですね。

「反省」という言葉を辞書で引くと「自分の今までの言動、あり方について、可否を考えてみること」と書いてありました。「可否」は「よしあし」です。自分はよくないことをやりましたし、もうこんなことをしたらダメだとも思っています。でも、「反省していますか」と聞かれたら自信がありません。「はい」と言っていいのかどうか、誰も答えをくれません。中二ぐらいから学校に行かずに、悪いことをして生きてきました。財布や自転車を盗んで、女の人のところに転がり込んだりしました。悪いことだとは思っていませんでした。店のテーブルに置いてある財布や、鍵がついたままの自転車を盗んではいけない理由が分かりませんでした。昔、連れに金庫荒らしに誘われた時はばっくれましたが、悪いことだからではなく、ヤクザが絡んでてややこしそうだったからです。新堂さんのお兄さんを突き飛ばして殺してしまうまで、運よく捕まらずにきただけです、運よく、って言っちゃいけないですね。

今は、自分の考え方がまともじゃなくて、ものを盗んだり人に暴力を振るったらいけないのは分かっています。でも、それが「反省」なのか、まだ足りないのか、よく分かりません。すいません。頭が悪いのか、努力していないのか、多分どっちもだと思います。

朝は、一斉に放送が入ります。「皆さんおはようございます、起床の時間です」って、ATMみたいな声です。あんまり好きじゃないです。その代わり、朝食の時の音楽は好きです。お盆を載せた、縦に細長いワゴンが入ってくる時、きれいな音楽を鳴らしています。歌はなくて、夢みたいにキラキラした音楽です。メシが食えるという嬉しさもあると思いますが、聞くといい気分になります。ずっと聞いていたいのに、すぐやんでしまうのが残念です。

向井秋生

——二〇一一年五月

向井秋生様

あなたに手紙を書き始めてから、早いものでもう一年が過ぎました。ブランクを挟みながらもだいたい月に一往復、あなたからの手紙はこの間のでちょうど十通です。束にしたら、これがお金ならすごく嬉しい、と思うくらいの分厚さ。これが五十通ほどになる頃には、あなたは出所している計算になります。まあ、先のことなんて誰にも分かりませんね。

夢のような音楽、気になります。わたしは音楽を聴かないのでどんなメロディなのか想像もつきません。一度聴いてみたいものです。

新堂深雪

新堂深雪様

新堂さんからもらった手紙を数えたら、十一通ありました。新堂さんが先にくれたから当たり前ですね。

音楽は、チャンチャランランランチャンチャンチャララララチャンチャンチャラララララチャラララララです。どうですか。

向井秋生

——二〇一一年六月
向井秋生様

どうですかって、分かるわけないでしょ！　深夜なのに声を上げて笑ってしまいました。検閲した刑務所の人も笑ったと思います。笑ったのはすごく久しぶりです。それがあなたからの手紙でっていうのは、どうなんでしょう。悪いことなんでしょうか。少なくとも、人に言ったら呆れられるでしょうね。

近所迷惑かもってすぐに口を閉じたら、家の中は静かでした。わたし自身が立てた音によって、静けさがうるさくなってしまいました。無音がこだましているように感じられます。ひょっとすると、大声で笑い続けていても、誰にも迷惑なんかかけないのかもしれません。誰もわたしに気づかないのかもしれません。兄のいない部屋で笑おうが叫ぼうが泣こうが。急にさみしくなって泣きそうになりましたが、涙は出ませんでした。うちにはテレビがありません。兄が嫌いだったからです。

両親が死んだ時、兄は二十歳、わたしは十歳でした。父と母は、父の友人の結婚披露宴に出席するため車で遠出した帰り、高速道路での多重事故に巻き込まれました。わたしはもう寝ていて、兄がリビングでテレビを見ている時に警察から電話があったのだそうです。事故の報せを片耳で聞きながら、もう片方の耳にはバラエティ番組の笑い声が響き続けていて、その記憶がとてもつらく、テレビは一生見たくないと言っていました。わたしは兄に揺り起こされ、パジャマの上にカーディガンだけ羽織ってタクシーで病院に行きました。兄の暗い横顔の上を、信号の赤い光がよぎるのをじっと見ていました。とても大変なことが起こったのはうっすらと理解していたので、却って何も訊けませんでした。言葉にさえしなければこの時間を夢にできて、朝になって何事もなく目覚めるかもしれない、と考えていたような気がします。病院で兄がいろんな人と話している間、わたしは長椅子に座って裸足の足をぶらぶらさせ、警察の人が買ってくれた紙コップのココアを飲んでいました。薄い味で、すごく熱くて、舌を火傷しました。くだらないことばかり覚えているものです。

それからずっと、兄とふたりで暮らしてきました。テレビがなくても、他の家族や友達や恋人がいなくても、困らないし寂しくありませんでした。兄がいない今、テレビだけはすぐ手に入ると気づきましたが、テレビを買うのは、あなたからの手紙で笑ってしまうのよりもひどい兄への裏切りに思えます。そうでもないんでしょうか。あなたの「反省」と同じで、誰も答えをくれません。

新堂深雪

新堂深雪様

伊佐先生が面会に来てくれました。ちょっと恥ずかしかったのですが、あの音楽を鼻歌で歌ってみせたらすぐ分かってくれました。「バロック・ホーダウン」という曲で、有名なテーマパークのパレードに使われているそうです。知ってましたか。

「文通は続いていますか」と聞かれたので「はい」と言うと「それはよかった」と言われました。「いいんですか」と聞くと「とてもいいことです」と頷いていました。伊佐先生が言うと、何でも正しい気がしてほっとします。「自分は反省できてますか」と聞いても教えてくれそうな気がします。でも、それは人に聞いたらダメですね。考えないと。

新堂さんと、お兄さんのことを教えてくれてありがとうございます。自分はテレビが好きですが、あるとずっと見てしまうのがヤバいです。携帯をいじり出したら止まらないのと一緒で、別に面白くなくてもダラダラしてしまいます。テレビを買わないのなら、寝落ちする寸前まで鼻歌を歌っていたら静かじゃなくていいんじゃないでしょうか。

向井秋生

——二〇一一年七月

向井秋生様

ああ、あの曲のこと……と納得してから、あなたの前の手紙を読み返すと、カタカナの意味がものすごく理解できてまた笑えました。曲名を知っている人は少ないと思いますが、おそらく、大抵の人が大人になるまでにどこかで耳にしていると思うので、あなたが今まで聞いたことがなかったのが驚きです。両親が生きていた頃、パレードを見に行ったことがあります。確かに夢のようでした。電飾をちりばめたフロートがゆっくり進み、笑顔しか持たないキャラクターたちが四方八方に手を振り、あの音楽が流れます。嘘という名の美しい夢ですね。

寝落ちするまで鼻歌を歌う、チャレンジしてみましたが、案外疲れるのでそんなに長く続けられないです。でも「バロック・ホーダウン」を口ずさんだので、キラキラした音符のかけらが夜の中を漂っているように、わたしが黙っても音は聞こえていて、悪くなかったです。

新堂深雪

新堂深雪様

鼻歌、悪くなかったようでよかったです。テーマパークもパレードも行ったことないです。小学校三年か四年の時、友達が行ってたのは覚えています。そいつの家に遊びに行くと、土産物屋で買ったというキャラクターのジグソーパズルをみんなでやっていました。休みの日だったのか、おじさんもいて、散らばったパズルの周りを囲んで楽しそうでした。「秋生くんも一緒にやらない？」とおばさんに誘われましたが、自分は「ゲームがいい」と言ってプレステをやらせてもらいました。

帰る時に覗くと、パズルはまだ半分もできていなくて、自分は、そのへんにあったかけらをひとつこっそり持って帰りました。それが、生まれて初めての盗みです。どういう絵だったのか忘れましたが、パレードの一部だったのかもしれません。なぜパクったのか。うらやましかったからです。家族でテーマパークに出かけて、買ってもらったパズルで仲よく遊ぶ友達が、妬ましかった。いつもスリッパやおやつを出してくれて、自分が同じ服ばかり着ていても、ろくに風呂に入っていなくてもいやな顔をせずに接してくれて感謝しなければいけないのに、憎んでしまった。ぎゅっと握ったパズルは、家の前で道端に捨てました。次の日学校に行くと、その友達が「どうしても一ピース見つからなくて飾れない」と言っていて、めちゃくちゃ嬉しかった。そして、あんな小さなかけらが足りないだけでダメになるものなんかくだらないと思いました。

この話を、プログラムの時にしました。すると「本当は疑われてたんじゃないですか」と聞かれて、そういうことは考えていなかったので、びっくりしました。友達はあの時、自分がパクったんじゃないかって思って、わざと話を振った。ひょっとしたら親が「あの子かも」と言ったのかもしれない。そう思ったら、もう十年以上前のことなのに、頭と体がカーッと熱くなって、恥ずかしくて消えたくなりました。そしてまた、顔も覚えていない友達を憎み直しました。お前が見せびらかしたのが悪いのにこんな恥ずかしい思いをさせやがって、と思いました。「今、目の前にその人がいたら謝れますか」と聞かれて、答えられませんでした。自分は、全然まともになれそうにありません。一年以上も何を学んできたのでしょうか。とてもガッカリしています。

向井秋生

——二〇一一年八月

向井秋生様

あの曲のこと、ごめんなさい。あなたが、テーマパークに行ったことがないのは想像がついたのに「聞いたことがなかったのが驚き」なんて書いてしまった。からかうというか、意地悪な気持ちがあったのは確かです。あなたからの手紙を読み、とても残酷な仕打ちだったと知りました。

兄の話を、します。今まで誰にもしなかった話です。

両親が事故で死んで、わたしの家族は兄だけになりました。同時に、兄の家族もわたしだけになりました。兄は大学に通いながら、わたしの面倒を見てくれました。そのために友達もサークルも当時の彼女も、全部切ったと思います。就職先は、家から近い会社、仕事の内容や給料はどうでもいいから定時で帰れるところを条件に決めました。保険金のおかげで、経済的にはむしろ余裕がありました。

中学一年生の時、クラスの友達から「バレンタインにチョコを渡そう」と誘われました。好きな先輩にチョコを渡したいけど、ひとりだと勇気が出ないから深雪ちゃんも一緒に適当な先輩に渡して、と。チョコなら自分で食べたかったしめんどくさいなと思ったのですが、やっぱり断りきれず、家に帰って兄に「チョコを買うからお金ちょうだい」と頼みました。高校を卒業するまで、わたしには毎月のお小遣いという制度はなく、必要なものを伝えてその都度お金をもらうルールでした。兄はすっと目を細めて「そんなことはしなくていい」と答え、それ以上取り合ってくれませんでした。あした友達に何て言おうと悩みながらお風呂に入っていると、兄の話し声が聞こえました。翌日、学校の学年集会で先生が唐突に「誘い合ってチョコレートを贈るようなことはしないように、勉強に関係ないものを学校に持ってこないように」と注意しました。お兄ちゃんがゆうべ学校に電話したんだと思いました。家に帰ると、兄は何も言わず、いつもの、穏やかで優しい兄でした。友達は口をきいてくれなくなりました。

兄が嫌いなものはたくさんありました。お酒にタバコ、テレビ、膝が隠れない丈のスカート、茶髪、長い爪やネイル、メイク。夕方六時までに帰ってこないこと。窮屈だと思う時ももちろんありました。でも、そのたびにあの晩のタクシーで見た兄の横顔が浮かび、口に出して抗えなくなります。それに、さっきも書きましたが、兄はいつも優しく、わたわたしのことを第一に考えてくれていたので、大きな不満はありませんでした。兄の言うまま看護学校に進み、看護師になりました。「化粧もマニキュアもしなくていいし、僕に何かあっても安心して世話を頼めるから」という言葉に何の疑問も抱きませんでした。

ここまで書いて、心臓がバクバクしています。手汗で文字がにじみそうです。こんなことを打ち明けて、わたしは何が言いたいんでしょうか。兄との静かなふたり暮らしに何の不満もなかったはずです。事件さえなければ、ひっそりと続いていたでしょう。なのに、断ち切られた日常の続きを想像すると息が苦しくてたまりません。あなたと文通しなければ、こんな気持ちにはならなかったのかもしれない。

あなたの手紙を読んで考えたことが他にもあったのに、これ以上書けそうにないので、また今度にします。鼻歌を歌って、自分を落ち着かせてから眠ります。おやすみなさい。

新堂深雪

新堂深雪様

謝らないでください。お兄さんのこと、自分が何か言える立場じゃないんですけど、お兄さんは新堂さんが好きで、どこかに行ってしまうのが怖くてたまらなかったんじゃないかと思います。手紙、いやだったらもう送りません。新堂さんも無理しないでください。ちゃんと眠れていますように。

向井秋生

——二〇一一年九月

向井秋生様

この前はありがとう。今は落ち着いています。うまく言えないけど、あなたのせいにしたいわけじゃないんです、本当に。この前、書けなかったことを書きます（大したことじゃないけど）。

「小さなかけらが足りないだけでダメになるものなんかくだらない」とあなたは書きました。でも、この世にあるものはみんなそうなんじゃないでしょうか。何か別のもので埋めることができたとしても、元のかたちにはならない。パズルの空白に、切り抜いた厚紙をはめ込んで色を塗ってもそれは「完成」じゃない。そして、単体では意味がないパズルのピースも、デコボコをつなぎ合わせることで大きな絵が見えてくる。くだらないと切り捨てたら何も残らない。何もかもが大事で、なくすと取り返しがつかないと思うと生きるのが恐ろしくなる。でも、あなたや、他の受刑者の人に必要なのは、その恐ろしさを思い知ることじゃないでしょうか。あなたが求める「反省」って、そこから始まるような気がしています。

だんだんと夜明けが遅くなってきました。いつの間にか夏が終わっています。わたしも、お兄ちゃんが大好きでした。

新堂深雪

新堂深雪様

手紙を、何度も読みました。自分は、新堂さんのピースを盗んでポイッと捨てたんですね。本当に、ひどいことをしました。悪いことをしました。

きょう、ロールプレイングというのをしました。ふたり一組で、ひとりが被害者役になって、加害者にいろいろ質問します。ここでは聞いたり聞かれたりが多いです。「対話が大事」と支援員の人は言います。もちろん、両方受刑者です。被害者役になると「あなたはなぜうちに泥棒に入ったのか」「どうして真面目に働こうと思わなかったのか」、そういうことを聞きます、というか、突っ込みます。こうやって書くとなんかコントみたいですが、みんなものすごく真剣です。汗をダラダラ流して、ズボンが破れそうなほど手で握ります。自分も、親指噛みすぎて内出血しました。聞くことも聞かれることも苦痛です。でも、自分たちにひどいことをされた人たちの苦痛はこんなものじゃないんだと思います。

新堂さん役が自分に聞きました。

「たったひとりの兄を、どうしてあなたに殺されなくてはならなかったのか」

「殺意がなかったたって言い訳に甘えていませんか」

「肩がぶつかっただけで、人を死なせるほど怒りを覚えたのはどうしてですか」

逃げ出したかったです。去年までの自分なら、うざいって思ったと思います。今はそう思えないのがしんどい。目の前にいるのはハゲたおっさんなのに、顔も知らない新堂さんに言われている気がして、手紙に書いてあった「恐ろしさ」の話が頭から離れなくて、涙と鼻水でぐちゃぐちゃになりました。どんなふうに答えたのか、ここには書きません。ハゲたおっさんは結局新堂さんじゃないので、自分の言葉も本物の新堂さんに言ったことじゃないからです。

向井秋生

――二〇一一年十月

向井秋生様

いろいろ、書きたいことがあるはずなのに、どうしても進みません。わたしがあなたの顔も声も知らないように、あなたもわたしを何も知らないんだと、当たり前のことを思いました。時間差のある手紙は、冷静になれてちょうどいいと考えていたのに、今はもどかしい。

あの、今度、面会に行ってもいいでしょうか。いきなり思い立ったわけじゃありません。夏ぐらいから、パズルの話を読んだ頃から考えていました。あなたに直接会って何を話すのか、何も言えないのか、やっぱり怒りがこみ上げてきて罵倒してしまうのか、それは分かりません。でも、あなたに、向井秋生に本当の意味で向き合ってみたい。

身体を嚙むのは、傷口から雑菌が入る危険性もありますから、できるだけ控えて。

新堂深雪

新堂深雪様

面会ですか。とても怖いです。でも、新堂さんが勇気を出して書いてくれたのが分かります。ありがとうございます。来年の四月にプログラムが全部終わるので、その後でもいいですか。自分は、人間がそう簡単に変われないのを知っています。まともになる、ちゃんと働くと言って、またすぐ盗んだり殴ったりのところに落ちてきた人間をたくさん見てきました。だから、本当は期待していないのですが、何かひとつでもやり終えた状態で会いたいです。

向井秋生

——二〇一一年十一月

向井秋生様

来年の春ですね、分かりました。伊佐先生にいただいたパンフレットは春の写真で、刑務所の近くの桜並木がきれいでした。こんな遠足みたいなことを考えるのはおかしいですね。

きょうは昔の同僚が顔を出してくれて、一緒にごはんを食べました。時々仕事帰りにお茶をしていた人です。友人というほどではなく、とりとめのない雑談をする程度の仲でしたが、人の噂話をしないところが好きでした。わたしが休職している間に別の病院に転職して会えなくなり、ほんのり寂しく思っていたので、彼女が「どうしてるか気になって」と寄ってくれたのが嬉しかったです。一緒に働いていた頃はごく平凡な外見の女性だったのに、髪をものすごく短く切って、ボーイッシュというか、とにかく別人のように変わっていましたが、きっとこの人にもいろんなことがあるんだろうな、と思いました。電話やメールで帰る時間をこまめに報告しなくていいというのはすごく自由な気持ちになれましたが、久しぶりに近くで人の気配を感じた後、誰もいない家に帰ると今度はひどく心細くなりました。鼻歌を歌います。

新堂深雪

新堂深雪様

桜があるんですね。移送される時は外が見えないので知りませんでした。この前、作業中に転んでしまい、頭を打って脳震盪を起こしました。脳震盪、という字はすごくややこしいですね。生きてきた中で書いた、一番難しい漢字です。脳は脳、震は地震の震、でも「盪」って、他に使う時あるんでしょうか。辞書の字は小さいので、これが正しいのかどうかも不安です。ちょっとクラクラしましたが、今は大丈夫です。今、プログラムで「何でもいいから物語を作る」というのが始まりました。これも難しいです。どうしても自分の体験談みたいになってしまい、終わりが思いつきません。すごく悪いことは書きたくないし、すごくいいことも「そんなわけない」と思ってしまうからです。できたら、みんなで発表し合うらしいです。全員恥ずかしくて、変にニヤニヤしながら顔を見合わせていました。

向井秋生

――二〇一一年十二月

向井秋生様

頭、大丈夫ですか。気をつけてください。どんな物語が出来上がるのか、わたしも知りたいです。完成したらあらすじだけでも教えてください。もうすぐ今年も終わりですね。あっという間でした。でも来年の春はまだまだ遠い気がしています。

新堂深雪

新堂深雪さま

のうしんとうのことですが、しばらく平気だったのに、今はあたまがずきずきしたり、くらっとしたり、あまりよくないです。ただでさえバカなのに、あたまを使うといたいです。だから、ものがたりもすすまなくて困っています。プログラムには今は行っていません。じしょを引くのも、小さい文字を見るとずつうがするので、かん字がわからなくていません。この手がみをかくのも、なん日もかかって、すいません。

向井秋生

——二〇一二年一月

向井秋生さま

ちゃんと、おいしゃさんにみてもらっていますか。あたまのけがは、あとからわるくなることがあります。けいむかんの人に言ってください。ものがたりのことは気にせず、やすんでください。このてがみも、できるだけ大きな字でかきましたが、もっと大きいほうがよかったら、おしえてください。へんじは、ゆっくりでいいです。

あけましておめでとうございます。

しんどうみゆき

新どうみゆきさま

いろいろけんさしてもらいましたが、どこもわるくないそうです。ものがおぼえられなくて、今までかけていたかんじもどんどんわすれていっています。さぎょうとかは、からだがかっ手にうごくのでできます。新どうさんからもらった、むかしの手がみは、もうなにがかいてあるのかよめません。この名まえは、みゆきってよむんですね。おぼえていられるようがんばります。あさごはんのときになるおんがくをきくと、キンキンしてあたまがいたむのでやめてほしいです。あれはきらいです。

むか井あき生

――二〇一二年二月

むかいあきおさま

あさごはんのときのおんがく、あなたはゆめみたいなきょくだって、きにいってました。いまはちがうんですね。しょうがないことですね。せいみつけんさ、というのを、おおきいびょういんでしてもらってください。わたしからも、べんごしのいさせんせいにははなしてみます。はるになったらあいにいく、というやくそくを、おぼえていますか。むりでも、きにしないでください。ゆきのひにうまれたからみゆきです。あなたはきっと、あきにうまれたんですね。
おだいじに。

しんどうみゆき

しんどうみゆきさま

また、じかんがかかってすみません。ぼくは、たくさんのことをわすれて、わすれたこともわすれて、そうゆうことをかんがえると、こわいです。

むかいあきお

——二〇一二年三月
むかいあきおさま

ちゃんと、びょういんでみてもらったら、きっとよくなります。しんぱいしないで。
なんかげつかまえ、パズルのはなしをしてくれたのをおぼえていますか。あなたはパズルのピースをぬすんで、「ともだちにうたがわれていたのかもしれない」とおもった。

でも、ともだちは、まっていたのかもしれません。たとえばあなたが「ごめん、ポケットにはいってた」といってかえしたら、「そっか」と、しらないふりをしてくれるつもりだったのかもしれない。うそでもいいから、あなたの「ごめん」をまっていたのかもしれない。そうはおもえませんか？　ともだちにとって、あなただってだいじなピースだったとわたしはしんじたい。

しんどうみゆき

しんどうみゆきさま

パズルのはなし、あんまりよくおぼえていません。てがみをよみかえしてもやっぱりよくわかりません。でも、ひとつだけおぼえていて、わかっています。

ぼくは、しんどうさんになにかとてもわるいことをしたので、たくさんあやまらないといけないということです。これは、わすれたらだめなこと。

ごめんなさい。ごめんなさい。ごめんなさい。ごめんなさい。ごめんなさい。

あとなんかいいりますか。

むかいあきお

——二〇一二年四月

そんな「はんせい」がほしかったんじゃない。

バカヤロウ。

*

——二〇一五年三月

秋生様

あなたがいるところでは、桜が満開だそうです。本物の桜も好きだけど、わたしがいちばん見たいのは、あなたからの手紙の隅っこにいつも咲いていた小さな桜のハンコです。刑務所からの、検閲済みの印。どんな名所の、どんな見事な桜よりあれが見たい。

きょう、これからあなたに会いに行きます。だから、この手紙は出しません。書き終わったら、台所のフライパンかどこかで燃やします。燃えかすは、近所の公園の桜の根元にまくつもりです。枯れたりはしないと思いますが、悪いことをするようでドキドキします。

それから、あなたのところへ向かいます。新幹線や特急やバスを乗り継いで、長い道のりです。こんなに遠くへ行くのは、両親が死んでから初めてです。兄がいやがったので、修学旅行にも行きませんでした。

楽しみです。わくわくしています。悪いことでしょうか。いいえ、わたしが決めます。決めて、許します。楽しみながら、鼻歌を歌いながら、行きます。

迎えに行くからね。

深雪

＊

伊佐利樹様

——二〇二〇年十二月

先日はお忙しい年の瀬にお時間を取ってくださり、ありがとうございました。秋生の後見人の件もお引き受けいただいたので、いつ自分に何かあっても大丈夫だと、ほっとすることができました。先生の悩んだお顔がお父さんにそっくりで、懐かしい気持ちになりました。出所する秋生を迎えに行った帰りのバスの中で、ずっと難しい顔をされていたのを覚えています。

秋生が「転んだ」と言った刑務所内での事故は、人為的なものだったと、後になって知りました。受刑者の中に、秋生の顔見知りがいたのです。昔、秋生に金庫荒らしを持ちかけた相手でした。秋生が直前になって逃げたせいでだいぶひどい目に遭わされ、恨んでいたのだそうです。そして当の秋生がまったく顔を覚えていなかったことにも腹を立て、刑務作業の最中に思いきり突き飛ばし、昏倒させました。半官半民の新しい刑務所として先進的な取り組みをアピールしていた施設側は事故として処理し、秋生にも口止めした、ということを、定年退官した刑務官の方が大樹先生に打ち明けてくださいました。自分のしたことが跳ね返ってきた、神様の報いだと、昔のわたしなら無邪気に喜んだでしょう。そのほうが幸せだったのかもしれません。秋生が大人しく口をつぐんだのは、表沙汰になって別の刑務所に移されるのをいやがったからだそうです。プログラムを無事に修了してわたしと会う、その約束が果たせなくなると思ったのでしょう。あの人は本当に、本当に、バカな人です。

秋生の脳には、CTでもMRIでもこれといった異常が見当たりませんでした。でも、向井秋生という人間をかたちづくる、小さな小さなピースが欠け落ち、もう戻らないのは確かです。詐病ではないかという疑いは所内で根強くあり、大樹先生がいろいろと働きかけてくださいましたが、結局は残りの刑期をそこで粛々と過ごしました。読み書きや記憶の面で著しい機能低下があったものの、会話でのコミュニケーションや、単純な刑務作業には支障がなかったからでしょう。

大樹先生が用意したボストンバッグを片手に外の世界に出てきた秋生は、満開の桜を不思議そうな目で見上げていました。たった今この世に生まれ落ちてきたような、真っ黒でつやかな瞳でした。わたしが勤め先の病院で何百人と見てきた赤ちゃんと同じです。わたしはそれを見た瞬間、秋生を引き取る決意をしました。大樹先生はわたしの人生を慮り、ずいぶん難色を示されましたが、最終的には「思うようにしなさい」と言ってくださいました。秋生が自立して生きていけないのは明白ですし、先生が面倒を見るわけにもいかず、秋生のためにはそれが最良の道だと分かっていたのでしょう。

そうしてわたしは秋生と夫婦になりました。日々は淡々と流れてゆきます。わたしは病院で働き、秋生は週に四日、福祉作業所に通って簡単な労働をします。そうでない日は風呂掃除や床磨きといった家事をお願いします。秋生は、大きな音や強い光が苦手で険しい顔をしますが、その他は、本当に虫も殺さない物静かな人間です。人が変わったのか、それとも、元々の秋生の性質が表れてきただけなのか、分かりません。「頭に電流を流してまともな人間にしてほしい」と願っていた彼にとっては、ひょっとしたら本望なのかもしれません。

時々、元の秋生に会いたくて苦しくてたまらないです。一度も会ったことがないのに、会いたい、帰ってきて、と思います。あなたの顔が見たい。声が聞きたい。話がしたい。人生で（今までも、これからも）ひとりも恋人と呼べる相手はいませんでしたが、ひょっとするとこれが「恋しい」という感情でしょうか。でも、苦しさを慰めてくれるのは今の秋生です。秋生はわたしを「みゆきさん」と呼び、よく言うことを聞いてくれます。親指の付け根を噛んだ時には（こういう癖はそのままです）そっと手を添えるとすぐにやめます。そしていつも「ごめんなさい」と言います。わたしは「謝らないで」と言います。

わたしは三十五歳になりました。兄が死んだ年です。この十年、あっという間でした。どこで聞きつけたのか取材の依頼もありましたし、信じられない、自分に酔っているだけの偽善者だと見知らぬ人からお叱りの手紙を頂いたりもしました。わたしは別に、自分がいいことをしたとも、正しいことをしたとも思いません。

罪とは、罰とは、反省とは、償いとは、赦しとは。擦り切れるほど考えても答えは出ませんでした。秋生がわたしの兄にしたことは消えない、でも秋生がわたしにしてくれたことも消えない。ただ、確かなことは、わたしの喪失、悲しみや怒りや寂しさや秘密や……それらを誰に叩きつけ、分かってもらいたいかといえば、この世に秋生しかいません。秋生にだけは分かってほしくて、同じくらい、わたしも秋生を分かりたかった。ただそれだけです。秋生が刑務所で書いた未完の物語を、わたしは読んでいません。結末を見届けられないのが悲しいのと、現実のこれからのほうが大切だから。もしもわたしが秋生より先に死んだら、秋生は悲しむかもしれません。それは、わたしが兄を亡くした時の悲しみと同じかもしれない。わたしが秋生に悲しみを教えてあげられる、と思うと、とてもかわいそうで、少しだけ嬉しい。

長々と、失礼いたしました。きょうは休みなので、これからこの手紙をポストに投函しがてら、秋生を作業所まで迎えに行き、夕飯の買い物をして帰ります。歩きながら歌う鼻歌が、秋生は好きです。

冷え込みが厳しい折、どうかご自愛ください。

よいお年を。

向井深雪

*

向井深雪様

南の方からは、桜の便りがちらほら聞こえてくるようになりました。

お元気ですか……と今の貴女に問いかけるのは無神経なのかもしれません、しかし敢えてそう書かせていただきます。貴女が少しでも元気で、小康状態を保っている時にこの手紙を読んでくれますように、と願いながら。本当はお見舞いに伺って話ができたら一番良いのですが、最近は強い痛み止めを使ってうつらうつらされている時間が長い、とのことですので、手紙にします。年賀状の添え書き以外で貴女に向けてペンを執るのは初めてで、緊張しております。

今、手元には、もう三十年以上前に貴女がくれた手紙があります。亡父を思い出す時、また、亡父と同じ弁護士という職業を続ける中で悩んだり迷ったりした時、いつもこの手紙を読み返してきました。そこに明快な回答が記されているわけではありません。人の心を分かったつもりになどなってはいけない、答えが見つからなくとも、見つからないのが分かっていても考え続けなければならない、そういう戒めをいただき、背筋が伸びる心地がします。

秋生さんは、元気にしています。見守りボランティアの方が週に二、三度訪問してこまごまとフォローしてくれていますが、基本的な身の回りのことは自分でできますし、私が孫を連れて行くととても根気強く遊んでくれます。七歳の彼女にとって私は「難しいことばかり言うつまらないじーじ」で、秋生さんは「一緒に変身ごっこをしてくれる秋生じいちゃん」です。秋生さんを病院に連れて行きたいのはやまやまなのですが、前回の手術の後、麻酔で眠っている貴女の青ざめた顔を見て大変ショックを受けたようで「みゆきさんと帰ります」とその場を動かなくなり、病院のスタッフの手を煩わせてしまいました。貴女がいじめられていると思ったのかもしれません。

先日、秋生さんを家に招き、ふたり目の孫をお披露目しました。ひとり目の時に貴女からいただいたベビーブランケットにくるんだ赤子を、秋生さんは不思議なものを見るような目で眺めていました。貴女の手紙にあった、桜を見ていた時の顔はひょっとしてこんなふうだったのかもしれない、と思い、貴女が一緒にいないことを改めて寂しく感じました。

さて、ここからが本題なのですが、秋生さんが少々気になることを言ったのです。

「みゆきさんはＮＩＣＵで働いています」と。上の孫が「ＮＩＣＵってなーに？」と訊くと「新生児集中治療室のことです。赤ちゃんさんのお世話をします」と答えました。貴女からそういうふうに聞いているのかと思いましたが、その後に「みゆきさんからの手紙に書いてありました」と言ったのが引っかかりました。獄中で貴女と文通していた記憶はもうないものだと思っていたからです。「それはいつの手紙ですか?」と訊いてみましたが、首をひねった後に「昔です」とだけ答え、本人もはっきりとは覚えていないようでした。頭を打つ前の記憶がかすかにでも戻っているのかもしれない。貴女がいない日々の中で彼なりに内省を深め、さまざまに思いを巡らせた結果、今になって何かが芽生えているのかもしれない、と私はひとり興奮し、あれこれ質問してみたのですが、はかばかしい反応は得られませんでした。それでも何か少しでも以前の「向井秋生」と今の「秋生さん」をつなげるものはないだろうかと考えた時、頭に浮かんだのが、父や貴女から伺っていた獄中でのカリキュラムです。そこで物語の創作を始めた矢先、あの事件があって秋生さんは書き進めることができなくなり、書きかけの物語は手元にあるものの、貴女は一行も読んでいない。

今の彼なら、残された未完の物語を書き継ぐことができるのではないだろうか。突飛な思いつきでしたが、私はどうしてもそれを試みたかった。そこで秋生さんの許可を得て、出所した当時の私物を見せてもらいました。ボストンバッグや辞書とともに貴女がきちんと整理してくださっていたので、探す手間が省けました。

貴女への手紙を書いていた時と違い、手元に辞書がないからでしょう、そこに書かれていたのはうちの孫娘でも読めるくらい簡単な、ひらがなばかりの物語でした。黄ばんだ原稿用紙と、掠れた鉛筆の筆跡が貴女たちと私の上に流れた年月を実感させてくれます。

私は、孫娘に読み聞かせをお願いしました。そのほうが秋生さんの心に届くような気がしたからです。そして、「途中で止まってしまっているので、この話の続きを考えてくれませんか」と頼みました。「深雪さんも喜ぶでしょう」と言うと、秋生さんはじっと黙り込んでから「続きを考えたら、みゆきさんは帰ってきますか」と尋ねました。

申し訳ありません、私は卑怯な手を使いました。「きっと元気が出ますよ」と言ったのです。「元気になる」と「元気が出る」というニュアンスの違いで「嘘はついていない」と自分をごまかしながら。しかし秋生さんはもちろんそんなことなど知る由もなく、「では、頑張ります」と神妙に頷いていました。

一週間ほどかけて、秋生さんは物語を完成させてくれました。見守りボランティアさんによると、テーブルにかじりつくようにして原稿用紙に向かい、書いては消しを繰り返し頑張っていたようです。貴女に戻ってきてほしい一心だったのだと思うと、改めて罪悪感を覚えると同時に、嬉しくもありました。

向井秋生と秋生さんの合作とでもいうのでしょうか、原稿を同封しております。向井秋生の物語ではないのかもしれない、でも、確かに貴女のための物語です。

ぜひ読んでいただきたいのですが、ひとつだけ、約束してください。

もし読み終わっても「心残りがなくなった」などと思わないでください。お兄様の享年の倍近く、もう十分長生きしたと貴女は言うかもしれませんが、もう少しだけ頑張って、今年の桜には間に合わなくても、また、秋生さんと一緒に春を迎えてください。秋生さんが書いた物語の結末のような光景を、私はどうしても見届けたいのです。

貴女の帰りを、秋生さんと共にお待ち申し上げております。どうか御身大切に。

伊佐利樹

『どろぼうの男の子』

あるところに、男の子がいました。びんぼうで、いつも同じふくを着て、お父さんやお母さんからもかまわれずに生きていました。男の子にはひとりだけ友だちがいました。大きな家に住んで、まい日ふろにも入り、やさしい友だちです。

ある日、男の子は、友だちの家でどろぼうをしました。ジグソーパズルのかけらをひとつこっそりもってかえりました。友だちの家ぞくがたのしそうにわらいながらあそんでいるのが、いやだったからです。自分にはそんな家ぞくがいないので、うらやましくて、はらが立ったからです。パズルのかけらを右手にぎゅっとにぎって「おれはわるくない」と思っていました。

次の日、友だちがききました。

「うちにあったパズルを知らない？」

「ひとつだけなくて、かざれないいんだ」

男の子は、どきどきしながらうそをつきました。

「そんなの知らないよ」

神さまは、それを見ていました。男の子の右手は、パズルをにぎったまま、ひらかなくなりました。男の子がどんなにがんばってもグーのままで、男の子はどうしようもなくなりました。何もかもがどうでもよくなったので、グーの右手でたくさん人をなぐりました。

「どうしてそんなことをするの」

「人をなぐったらいけないんだよ」

そんなことをいう人も、なぐりました。男の子のまわりには、だれもいなくなりました。

男の子は、たくさんの人をおこらせ、かなしくさせました。でも男の子は平気でした。あるとき、女の子に会いました。女の子も、男の子におこっていました。男の子は、さいしょ、またか、とおもいました。でも、女の子ははなれていきませんでした。女の子は自分のはなしをしてくれました。男の子も自分のはなしをしました。男の子はうれしくなりました。

「ごめんなさい」

男の子はいいました。女の子は、うれしそうではありませんでした。男の子は、自分がどろぼうのままだからだとおもいました。どろぼうにあやまってもらっても、女の子はうれしくないのです。

「この手がひらいたらなあ」

男の子はおもいました。パズルのかけらを友だちに返して仲なおりできたら、女の子がよろこんでくれるような気がしました。

男の子はいろんな方法をためしました。水につけたり、おゆにつけたり、油をぬったり。でも、右手はちっともひらきませんでした。


おとこのこは、みぎてで、じぶんのあたまをなぐりました。そうしたら、いたくてひらくかもしれないとおもいました。でも、てもあたまもいたいだけでなにもかわりませんでした。それでもなぐりつづけていると、おんなのこがやってきて、おとこのこのみぎてをおさえました。

「ごめんなさい」

おとこのこはいいました。

「あやまらないで」

おんなのこはいいました。

じゃあ、なんていえばいいんだろう、おとこのこはかんがえました。てがいたくなくなってもかんがえました。おんなのこはずっといてくれました。さくらのはながさいて、はっぱだけになって、はっぱがちゃいろくなっておちて、ただのきになって、またはながさいてまんかいになるまでかんがえました。

「ありがとう」

そういうと、おんなのこはわらいました。かたくかたまっていたみぎてのゆびがほどけて、ずっとにぎっていたパズルはさくらのはなびらになりました。かぜがふいて、さくらがちって、それといっしょになってどこかとおいところへいってしまいました。

おとこのこは、ひらいたてでおんなのことてをつないで、それをずっとみていました。

さくらがぜんぶちっても、ふたりでみていました。

おわり

愛を適量

朝目覚めると、枕元に置いていたはずの携帯が手の中にあった。アラームを止めて寝直したのかと思ったが、そもそもまだ鳴る前の時刻だ。眠りに落ちる前の記憶はアルコールで混濁して定かでなく、まあどうでもいいかと慎悟《しんご》はすぐにささやかな疑問を投げ捨てる。いつからか、長くものを考えるのを放棄してしまった。大概のことは「何でもいい」「どうでもいい」で済ませてしまって不都合がない。自分の人生がそれだけ取るに足らない証拠だろう。

今週は朝の校門当番だから、早めに出なくては。万年床から起き上がれば、カーテンの隙間から射す朝陽《あさひ》が映写機の光線みたいに部屋の一部を細長く照らす。ビール、ビール、ビールの空き缶、ダイニングテーブルに放置された昨夜のコンビニ弁当、丸まった靴下やくしゃくしゃのワイシャツ、空《から》のペットボトル。明るい光はひとり暮らしの室内の荒廃をいっそう際立たせた。見慣れても、見るたび帰るたびうんざりする。うんざりするが掃除のモチベーションにはつながらず、いつも酒で自分をごまかして寝てしまうのが常だった。

冷蔵庫の、干からびかけたスナックパンを牛乳で流し込み、畳に積もった衣類の山からなるべくしわの目立たないシャツを選んで身支度し、荒《すさ》んだ1DKの空間を封印するような気持ちで鍵を掛ける。

空の高いところを、鳥の群れが渡っていた。黒い豆粒が淡い水色の上にVの字を描き、軽やかになめらかに慎悟のはるか頭上を越えていく。耳を澄ませてみてもはばたきの余韻など聞こえるはずもなく、下界の雑多なノイズだけが流れ込んできた。

「おはようございます」

「……っす」

「おはざまーす」

おしゃべりの合間、なおざりに頭を傾けて登校する生徒たちに、慎悟も機械的な挨拶を繰り返す。八時から三十分間の校門当番は夏暑く冬寒く、雨の日はうっとうしい。が、部活の朝練に立ち会うよりはましだと自分に言い聞かせている。

「おい、スカート丈短すぎる、直しとけよ」

慎悟にとっては心を無にしてやり過ごすだけの時間だが、まだ二十代の若い同僚は生徒の服装や頭髪をちゃんとチェックしていた。

「タダで見られて嬉しいっしょ？」

「バカ、何言ってんだ。あと化粧濃いぞ。学校にそのメイク必要か？」

「必要最低限の身だしなみだもーん。コンビニ行く時もこの装備だしー」

「まったく……」

生徒にタメ口でからかわれて苦い顔をしてみせるものの、内心満更でもないんだろうなと思う。同じ注意を自分がしたところで、虫を見るような一瞥《いちべつ》をくれられるのがオチだから何も言わない。教師という職業への情熱や意欲などとっくに涸《か》れ果て、決められたカリキュラムをそれなりの体裁《ていさい》で遂行《すいこう》して給料をもらえたらそれでいいと割り切っている。授業中は静かにしてさえくれれば、居眠り内職スマホ弄《いじ》り、好きにしてもらって結構。こちらは普段のノートや試験の点数に従って粛々と評定を下すだけだ。雑談は社交的な教師と、実りある学習は高い金を払って予備校の講師にお願いすればいい。偏差値五十に届かない公立高校の教科担当なんかこの程度で十分だろう。

職員室での朝礼、授業と空き時間、生徒で混雑する購買を避けて割高でも近所のコンビニに出かける昼休み、授業、会議や提出物のチェックを経て、大体七時までには学校を出るのが日常だった。テスト時期や年度の切り替わりはさすがに忙しく、最近は書類やUSBの紛失事例もあって仕事を持ち帰りにくいためもう少し遅くなるが。

その日の帰り、正門裏の通用口に回る時、頭上から笑い声が降ってきた。校舎を見上げると一部の教室だけ照明がついている。定時制のクラスだ。定時制の高校もずいぶん減ったが、こうして細々と続く明かりを見ると、慎悟はいつもほっとし、それから自嘲する。

学《まな》び舎《や》の灯に心温められるなんて、まともな教師みたいじゃないか。

コンビニ袋片手に帰宅すると、マンションの外廊下に人がいた。同じ階の住人かと思い会釈でやり過ごそうとしたが、そいつは明らかに慎悟の部屋の真ん前で待機している。鼻の下と顎にうっすらひげを生やし、黒いダウンパーカーを着た、見覚えのない男。来客の心当たりなど皆無だし、借金もしていないし、物盗りにしては堂々としすぎていないか——慎悟が隣の部屋の前で立ち止まると、男は慎悟を見て「おかえり」と言った。

「あの、どちらさまでしょうか」

本当は「誰だお前は」と強く言いたかった。しかし、下手に刺激して殴られたりしたらたまらない。相手は自分より小柄だが圧倒的に若いし、何か武器を持っているかもしれない。怯えから、慎悟の問いは必要以上にへりくだったものになった。

「え、覚えてねえんかよ」

男が呆れたように言う。

「行くっつったじゃん、さっきだって電話したのにつながらなかったし」

何だ、振り込め詐欺の新バージョンか？　慌ててコートのポケットから携帯を探り出すと液晶は真っ黒に沈黙している。

「死んでんね」

「いや、電池切れだと思います。あんまり使わないから充電を忘れがちで……」

なぜか不審者に敬語で言い訳する。

「きのう、一時間くらいしゃべってたしな、最後寝落ちしてたけど」

「えっ？」

面食らう慎悟に、男は自分の携帯を差し出した。通話履歴に慎悟の番号が表示されている。

「まあ、覚えてないかもとは思ってたよ。べろべろだったから」

そう、ついつい晩酌が進んで電話を受けた記憶も話した記憶も皆無だ。しかし、目の前の相手に見覚えがないのは酒のせいでも何でもない。

「それで、君は誰なんだ」

精いっぱい己を奮《ふる》い立たせ、男をにらみつけた。

「酔っ払って何か話したのだとしても、いきなり家に押しかけられる筋合いはない。警察を呼ぶぞ」

「充電切れた携帯で？」

男は怯《ひる》むそぶりもなく、むしろ楽しげに「いつでも来ていいって言われたんだって」と言う。

「住所も、入口のオートロックの暗証番号も教えてくれただろ」

「でたらめだ、そもそもお前は誰だってさっきから訊いてるだろう」

「あのさー、いくら長いこと会ってないからって、娘の顔忘れんなよ」

「……は？」

「佳澄《かすみ》だよ。久しぶり」


こいつは頭がおかしいのか？　慎悟は混乱する頭で考える。娘は、佳澄は、確かにいる。別れた妻が引き取って、もう十五年くらい会っていない。でも「娘」だぞ、目の前にいるのはどう見たって男だ。

「びっくりするだろうとは思ったけどさ」

とその自称佳澄は短く刈られた襟足を掻《か》く。

「でもそれもゆうべの電話で言ったよ、俺、トランスジェンダーでＦｔＭだって」

「いや、何のことだか……」

何やらわけの分からない生き物が自分の人生に関わってこようとしている、と慎悟はおののいた。単調で平穏で安らかな、沼のような日々をかき回されたくない。

「信じられない？　ほら」

今度は免許証を差し出された。「岡本《おかもと》佳澄」という氏名と、女の顔写真がある。これなら分かる、十二歳を最後に会っていないひとり娘の面影《おもかげ》が残っている。再び視線を上げると、ふしぎなことに、たったの今までうさんくさい他人でしかなかった男の顔から、佳澄の造作があぶり出しみたいに浮き上がって見えた。髪型やひげといったオス的要素を抜けば顎や首の細さは確かに女のそれで、一度認識してしまえば紛れもなく自分の娘だ。

「佳澄」

名を呼んだ後が続かなかった。「何で」とか「どうした」と大雑把な問いを投げるには娘の変貌《へんぼう》はダイナミックで、そしてたぶんややこしい。昨晩、自分は佳澄の身の上話に耳を傾けたのだろうか。そして忘却したのだろうか。佳澄は「とりあえず寒いから中入れてよ」と扉を指差し、言われるまま鍵を開けるとずかずか上がり込んで「うわきったねーなあ」と嘆息する。男にしては高い声にも、女にしては低い声にも聞こえた。

「腹減ってんだけど、冷蔵庫開けていい？　……何もねーじゃん。じゃあこの、棚のカップラもらう」

勝手にやかんで湯を沸かし、麺《めん》がほぐれるまでの三分間でテーブルの上をざっと片付けた。

「いただきまーす」

冷えたコンビニ弁当と、湯気の立つカップラーメンを挟んで差し向かいになった時、最後に佳澄と会った日の光景が脳裏《のうり》によみがえってきた。慎悟単身では到底入れないパステルカラーのカフェで、フルーツや生クリームを盛りつけたやたら立体的なパンケーキがたくさんあったのに、佳澄は浮かない顔でアイスティーだけ頼んでいた。思春期に入り、父親とふたりで会うのは気づまりだったのだろう、慎悟にしても、二ヵ月に一度の面会日を心待ちにしているとは言い難《がた》かった。何しろ話が弾まない。それ以降、元妻から「次はいつにする？」というメールが途絶え、こちらも催促せずにいるとあっさり没交渉になり、養育費の振り込みが二十歳で完了するとすべての縁が切れた——少なくとも慎悟は、そう思っていた。もちろん寂しさも罪悪感もあった。でも娘の顔を見るとどうしてもかつての「失敗」が頭をよぎり、いたたまれない気持ちになる。会わなくなって、心のどこかで安堵していた。

「弁当、レンチンしなくていいの」

なのに、十五年も経って激変した娘（なのか？）がなぜか目の前に座っている。

「ああ」

「ふーん」

佳澄はしばらく無言でラーメンを啜《すす》り、さっさと食べ終えてしまうと、固い白飯をほぐしている慎悟に「あのさ」と切り出す。

「きのうの電話のおさらいだけど、俺、トランスジェンダーのＦｔＭ、って言って通じる？」

「いや、ちょっと待ってくれ」

慎悟は慌てて席を立つと、自分の携帯に充電ケーブルを挿し、電源を入れた。そこにもちゃんと着信履歴が残されている。記録はあるのに記憶がない、というのは何とももどかしい。

「まだ疑ってんの？」

「思い出せないんだよ。お前は……何だ、その、打ち明け話をしたくてかけてきたってことか？」

「本題は後で話すからさ、とりあえずＦｔＭ分かるかどうか教えて」

分かる、と慎悟は答えた。言葉の意味するところだけなら。

「心身の性別が一致してない、身体は女だけど心は男」

「そうそう、よかった、オナベとか言われんじゃないかと思ったよ」

「学校で研修を受けた」

「あ、高校の先生だもんなー。全然想像つかねえ」

ひひ、と佳澄が笑う。こんなふうに笑うやつだったろうか。もっとおとなしい、言葉を選ばずに言えば暗い子だと思っていた。希薄な親子関係の中で自分が知らなかっただけか。

「生徒に熱く語ったりしてんの」

「何を」

「人生とか未来とか」

「しない」

「教え子ってかわいい？」

「特に」

俺のほうが思春期の子どもみたいな受け答えだな。佳澄は卓の上で頬づえをつき「今度、手術しに行こうと思って」と言った。「今度、散髪しに行こうと思って」程度には気安く聞こえる口調で。

「手術って……」

思わず佳澄の上半身を眺め回した。ダウンの下は半袖のTシャツで、肩幅の狭さや輪郭《りんかく》の丸さは女の身体つきだが、胸の膨らみがまったくない。

「おい、じろじろ見んなや」

佳澄は手のひらで胸を軽く叩いて「つぶしてんだよ」と説明する。

「そういう、専用の下着があんの。ニッセンの通販でも売ってるから見てみ」

「何のためにそんなものを？」

「いらないから」

極めてシンプルな回答だった。

「目に入るとバグる。あれ、何でこんなもんがついてんだよって意味が分かんなくなる。極力ないことにしたいし、本当になくしたい、だから手術する」

そう言われれば「下半身はどうするのか」とさらなる疑問が浮かんだが、口に出せずにいると佳澄のほうから「全身やるつもり」と先回りしてきた。

「乳腺《にゅうせん》取って子宮卵巣取って膣《ちつ》閉鎖して陰茎形成」

ぽんぽんと畳みかけるような工程を聞くだけで寒気がした。何だその大工事は。幸い、五十五歳の今まで身体にメスを入れることなく生きてきた慎悟には想像もつかない。なのに佳澄は「タイでやってくる」と楽しげだった。

「それは……大丈夫なのか？」

「どういう意味で？」

「いや、安全性とか」

「盲腸の手術にだってリスクはあるよ」

「せめて日本でやったほうがいいんじゃないのか」

「タイ進んでるよ、ツアーもいろいろあるし、象乗りたいしさ」

それでいいのか、そんな軽い気持ちでいいのか。でも、何がいけないのかと訊かれれば答えられない。口ごもる慎悟を、佳澄がじっと見つめる。

「反対？」

「そういうわけじゃない」

「だろうね」

子ども時代には見たことのない、諦《あきら》めめいた苦笑を洩らす。

「俺にかけたコストなんか知れてるから、他人事《ひとごと》なんだろ」

養育費なら決められた額をきっちり払い切った、でも佳澄の言う「コスト」が金の話じゃないことくらい分かる。娘の言うとおりだった。いい大人だし、どうしても手術したいというなら好きにすればいい。慎悟には止める権利も情熱もない。

「母さんは激怒して、もう親子の縁を切るって」

それを聞いても、何とも思わなかった。腹を痛めて産んだ母親にはやるせない気持ちがあるのだろう、とフラットに推測するだけだ。ぼそぼそと弁当を食べ終え、「結局、わざわざうちまで来てどうしたいんだ、佳澄は」と尋ねた。父親の賛同が欲しいわけでもなさそうだし、用件が分からないままだ。

「カスミ」

佳澄はなぜかくすぐったそうに復唱する。

「久々で新鮮、今はヨシズミって読みで名乗ってるから」

アキラとかヒカルにしといてくれれば楽だったのに、と言われたが、性転換する未来など想定するわけがない。

「しばらく置いて」

自称ヨシズミの佳澄はそう言った。

「タイ行きの準備しないとなんだけど、一緒に住んでた女に追い出されて家がないんだよ。ちょっとでも金節約したいからさ」

面倒だ、関わり合いになりたくない、とまず思ったが、父親としてあまりに無情なので「いつまで？」と問うに留めた。

「しばらくはしばらくだよ。電話では好きなだけいなさいって言ってくれたじゃん。まあ交際相手とかいるんなら遠慮するけど」

「バカ言うな」

ため息をついて立ち上がり、空の弁当箱を台所のゴミ袋に突っ込む。

「客用の布団なんかないぞ」

肉体的にはまだ女なんだから俺が譲るべきか？　でも心は男だったら気遣われるほうがいやなのか？　言った瞬間から逡巡したが佳澄は「いーよ別に」と気にするふうもない。風呂に逃げ込み、どうする、と自問したが別にすべきこともできることもないのだった。あまりに突然で今も驚いてはいるが、要は「久しぶりに会った子どもを短期間居候《いそうろう》させるだけ」で、大した問題じゃなさそうだ。佳澄の言葉を信じるなら酔った勢いとはいえ承諾したらしいし、今のところまあまあ普通に会話も成立しているし、揉《も》めたら出て行ってもらえばいい……そう自分を納得させて風呂から上がり、見るでもないテレビを流してビールを飲んでいるうちに佳澄も入浴をすませ、さっきと違うだぼっとしたTシャツとスウエットの姿で脱衣所から出てくる。胸は真っ平らなままで、まだ「専用の下着」とやらを着けているようだ。息苦しくないのだろうか。

「疲れたからもう寝るわ。夏用のタオルケットぐらいあるよな？　借りるよ」

背負っていたリュックを枕がわりに、押し入れから引っ張り出したタオルケットとダウンをかぶって佳澄は畳に寝転がった。丸まった背中がひどく無防備に見え、慎悟は少し気が緩んで「何で追い出されたんだ」と問いかける。答えは一言、「痴情のもつれ」だった。「女」って、そういう意味の「女」か、とまた軽い衝撃を食らう。女のほうは佳澄を男と女、どちらとみなして痴情を繋《つな》いでいたのか。

「あ、女同士でどうやってやるのかとか訊くなよ。さすがにキモい」

訊くわけないだろう。気まずさでビールが急に苦い。娘という生き物は、今も昔も慎悟にとって謎でしかなかった。


翌朝、玄関の鍵が開く音で目覚めた。冷蔵庫の前でレジ袋をがさがさ探る音、シャワーを浴びる音。佳澄がどこかに出かけていたようだ。自分以外の誰かが立てる物音がひどく新鮮だった。三十代のうちは何度かデリヘルを呼んだこともあったが、元来の人見知りと、大体が酔った勢い任せでうまく勃《た》たないのでばからしくなってやめた。そのうちに性欲を発散させたいとも思わなくなり、衰えを嘆《なげ》く気持ちすら失《う》せ、今は、枯れ、朽《く》ちていく一方の心身をもうひとりの自分が冷めた目で観察しているような感覚だった。達観《たっかん》なんてえらそうな境地ではなく、時間の流れに逆らう手立てがないから立ち尽くしているにすぎない。

佳澄が声をかける。

「先生、起きてる？」

「飯作るから、顔洗ってくれれば」

言われるまま顔を洗い、ひげをあたると、いつから死蔵されていたのか慎悟にも定かでない食器類が、テーブルの上で文字どおり日の目を見ている。

「包丁もフライパンもないから、適当だけど」

レトルトのご飯とインスタントのみそ汁、温泉卵と納豆、サバ缶とプチトマトを和《あ》えたサラダが並んだ。慎悟は「ありがとう」ではなく「何で『先生』なんだ」と言った。

「だってセンセイだろ。今さら父さんとか呼びづらいわ」

確かに慎悟も、「先生」のほうがまだ違和感がない。育ち盛りはとうに過ぎたはずなのに、佳澄は朝からよく食べた。

「食欲旺盛《おうせい》だな」

「その辺走ってきたから。あした一緒に走る？」

冗談じゃない。慎悟がかぶりを振ると今度は「自炊くらいすれば」なんて言う。

「ずっとコンビニ飯じゃ身体に悪い」

「苦手なんだ」

「すぐ慣れるよ」

「向いてない。何というか……『適量』が分からない」

離婚したての頃はまだ手料理が恋しく、料理本を買って試みたこともあった。

『塩を適量』やら『日本酒少々』ってあると、途端にいやになる。しょうゆを『の』の字にかけ回す、とかも、しょうゆの残量とか勢いで全然違うのに」

かといって逐一《ちくいち》計量スプーンやカップを使うのは面倒だし、悪戦苦闘してどうにかこしらえたおかずは妙にぼやけた「他に何もなければ食べる」程度の味だったのですぐに挫折《ざせつ》した。

「理系っぽいこと言うんだな、数学の先生だっけ？」

「古文」

超文系じゃん、と何がおかしいのか佳澄は笑った。その後、慎悟が家を出る段になってものんびりしているので「仕事は？」と尋ねると無職だと言う。まさかずっと居座るつもりか、という薄情な懸念がまた顔に出たのだろう、すぐさま「心配ないから」と念を押された。

「ずーっと看護師やってたから、そこそこ貯金あるよ」

「看護師？」

「そ、ナース。ウケるだろ？　もちろん女としてだよ。人生勉強も兼ねていろんなとこで働いた。老若男女の身体を見てきて、ジェンダークリニックにも勤務して、やっぱ手術しようって決めて辞めて、その後はホルモン治療しながら単発のバイトしてしのいでた」

物静かにアイスティーを見つめていた娘が、いつの間にやら父親よりずっと多様な経験を積んでいる。さらりとした口ぶりに却って圧倒され、慎悟はそそくさと家を出てきのうと同じように校門前に立った。しかしきのうまでと違って生徒ひとりひとりの顔が何となく気にかかる。この中に、ひょっとして佳澄のような子どもがいるのかもしれない。たとえば、髪を肩まで伸ばしている男子生徒、真っ赤なピアスをしている男子生徒、はたまた襟足を青々と刈《か》り上げている女子生徒か、そんなことを考えながら「おはようございます」を繰り返していると、偶然女子生徒と目が合った。舌打ちをされ、慌てて視線を伏せる。子どもより年下の小娘に萎縮するなんて情けない、と思いつつ顔を上げられなかった。嫌悪を隠そうともしない剝き出しの視線が骨にまで刺さるのか、ガタのきている腰や膝が痛む。せんべい布団で寝起きするのも限界かもしれない。でも、ベッドを買って今の布団を捨てて……と想像するだけで億劫になる。

一時間目は授業がなかったので、タイでの性別適合手術についてネットで調べると、佳澄が希望しているような内容で二百万くらいはかかり、しかも複数回渡航してのかなり大掛かりなプランであることが分かった。ここまでしないといけないものなのか？　反対するつもりはないがそわそわ落ち着かず、以前のＬＧＢＴ研修でもらった資料を机の引き出しから発掘して読み返した。ＬＧＢＴとは、もし生徒から打ち明けられたら、トイレや更衣室などの対応は……そんなことが知りたいんじゃない、と思う。でも何を理解したいのか自分でも判然としない。ため息をついてぱらぱらめくっていると、年下の同僚から「勉強熱心ですね」と声をかけられた。

「あ、いえ、違うんです」

なぜか焦って言い訳してしまう。

「今度、授業で『とりかへばや物語』をやるので……あれも、そういう要素がありますから」

「へえ」

自分から話しかけてきたくせに、同僚は鼻で笑った。

「じっくり予習する時間があるのはいいことですよね、うらやましいです」

あからさまないやみに慎悟は「はは」と声だけの無意味な笑いで応える。嫌われているのは百も承知だ。ベテランの年齢なのに担任も持たず、各種の面倒な役割を免除されて楽に働いている、というのが、教職員一同の須崎《すざき》慎悟に対する認識だろう。そのとおりだし、改める気は毛頭ない。数年ごとの異動のたびに「要注意物件」としての事情もちゃんと引き継がれるらしく、慎悟はどの赴任先でも暗黙のうちに腫れ物として扱われ、いつしか居心地が悪いとも感じなくなった。資料を引き出しに戻す時、ケースに入ったままほとんど減っていない名刺が目に入る。慎悟、という名前は見れば見るほどバランスが悪い。「慎吾」か「真悟」でいいものを、どうしてりっしんべんがふたつもついているのか。名前からして適量を見失ってるじゃないか。

「性」にも入っている、りっしんべん。

夕方「きょうは弁当買ってくんなよ」と携帯にショートメッセージが届いた。手ぶらで帰ると佳澄が何やら料理をしているところだった。

「早いな。先に風呂入ってて」

「……ああ」

ガスコンロの上には真新しいフライパンが鎮座《ちんざ》していた。それだけじゃない、別人の部屋かと思うほど整然と片付けられ、お祓いでもしたように淀んだ空気が霧消している。風の通り道がちゃんと確保された感じだ。浴室もぴかぴかに磨き上げられ、買った覚えのないコンディショナーやボディソープが並んでいた。狐《きつね》につままれたような心地で風呂から上がるとテーブルには焼きたての餃子《ぎょうざ》がスタンバイしている。

「はいお疲れ、かんぱーい」

缶から直飲《じかの》みではなく、グラスに注がれたビールを飲むのは久しぶりだった。店員とのやり取りさえ面倒で、外食もほとんどしないせいだ。ビールの金色ってこんなに鮮やかだったか。部屋がきれいに整えられたからそう感じるのかもしれない。

「教師って激務なんじゃねーの」

「人による」

酢こしょう（こんな食べ方があるのを知らなかった）に熱々の餃子を浸して答えた。

「今は担任も部活の顧問もやってないからな」

「え、それってあれのせい？」

佳澄はいともあっさり古傷に触れてくる。

「ああ」

「まだ言われんだ」

「勝手に忖度《そんたく》されてる」

「気まずい？」

「楽だよ」

ビールで餃子と、古い後悔を流し込んだ。

「母さんしょっちゅう愚痴ってたよ、『どっかの女と浮気されるほうがましだった』って」

佳澄自身は特に思うところがなさそうで、すこしほっとした。あまり覚えていないのかもしれない。

佳澄が三歳の時、顧問《こもん》をしていた男子バスケ部が地区大会で優勝した。部員七人の弱小チームにとっては快挙で、それまでは義務感だけで受け持っていた慎悟も心底感動し、そしてささやかに狂っていった。ルールブックを熟読し、朝練夜練と活動に張りつき、土日祝も長期休みも、誰かが練習したいと言えば喜んで体育館に通った。春には新入部員の勧誘に励み、バスケ雑誌や備品購入で部費が足りなくなればためらいなく財布を開いた。進路に悩んでいる部員がいればファミレスで何時間でも相談に乗り、家庭環境が複雑な部員は家に呼んで妻の手料理を食べさせてやった。

最初は「張り合いがあるのはいいことだから」と応援してくれていた妻が、二年三年と経つうち、次第に眉をひそめるようになった。部活の顧問などただでさえボランティア同然なのに、やりすぎだと何度も慎悟を諌《いさ》めた。

——はっきり言うけど、よそのお子さんに使うお金と時間があるんなら、もっと佳澄に関わってあげてよ。

慎悟は聞く耳を持たなかった。生徒の面倒を見るのが教師の仕事じゃないか、打ち込んで何が悪い、俺にあいつらを見捨てろって言うのか。妻の抗議を無視して、やれ赤点を免《まぬが》れた祝いだ、大会の打ち上げだとたびたびジュースやラーメンを振る舞い、果ては部員たちの送迎用に十人乗りのワゴンまで三百万で購入した。信じられない、と妻は激怒したが、もうその頃には弁解すらしなくなっていた。

それから数ヵ月後、まだ数えるほどしか乗っていない新車で他校との練習試合に向かう途中、慎悟は事故を起こした。前の車にごく軽く追突した程度でけが人は出なかったものの、これまで黙認されてきた送迎が問題視され、保護者や校長から激しく非難された。教育委員会による大規模な調査で同様の事例が相次いで発覚すると懲戒処分者が百人以上に上り、「あいつがやらかしたせいで」と同じ立場の教職員からも恨みを買った。

一番ショックだったのは、部員への聞き取り調査の結果を教えられた時だ。

――押しつけがましい、素人なのに練習方法に介入しすぎている、ついていけない、そういう声が圧倒的でしたよ。

教頭が匿名のアンケートを読み上げている間に、半開きの唇がどんどん乾いて干上がる感覚だけが今も鮮明に残っている。誰だ、誰がそんなことを言うんだ。夜の体育館でいろんな話をしたじゃないか、ファミレスでおごった帰り、いつまでも頭を下げてくれたじゃないか、全部俺のひとりよがりだったっていうのか。

あいつらのためによかれと思って。事故は、前の車が急ブレーキをかけたせいだ。妻から突きつけられた離婚届を目にして、もう思いの丈を吐き出す相手もいないことを思い知った。求められるまま判を捺《お》し、貯金を全額差し出すと、慎悟に残されたのは今後乗る予定もない馬鹿《ばか》でかい事故車と空っぽの家、ふたつのローンだけだった。愛情のつもりで注いでいた過剰な思い入れは、誰の得にもならなかった。受け取る側のキャパを見越して適量を与えられないのなら、何もしないほうがましだ。

「クリスマスとか誕生日に、三つも四つもプレゼントくれたよね」

佳澄が言う。

「あげすぎだって母さんが怒ってもお構いなしで。そんで俺は、ぬいぐるみもままごとセットも興味なかったから、子ども心に困った」

そうだ、佳澄は何を買ってやっても喜ぶ顔を見せなかった。気難しい子だ、部員たちのほうがよっぽど素直でかわいいと思ってしまった。

「迷惑だったって言うのか。こっちは中身が男だなんて知らなかったから……」

「ガワも男だったら変身セットとかプラモ買ってきた？　それも興味ないな。そういう問題じゃなくて、個人の好みを性別で決めつけようとすんなよ。母さんが何度も『この子はピンクが好きじゃない』『空や雲の写真集を欲しがってる』って言ってたの覚えてない？」

「……記憶にない」

「離婚した後も、面会日のたびに胸焼けしそうなケーキの店ばっか連れてかれるしさ。俺、甘いもん苦手だからマックのポテト食べたいなっていつも思ってた。子どもの反応見てりゃ分かりそうなもんだけど、自分があれしてやりたい、これしてやりたいで頭いっぱいだったんだろ。家族にせよ教え子にせよ、先生の自己満足のための道具じゃないからね」

ひとりで舞い上がり、空回っていただけだと痛感させられた時の情けなさ、恥ずかしさが生々しくよみがえり、頭のてっぺんが白く冷えるのに顔はかっかと熱い。佳澄の淡々とした口ぶりが憎らしかった。いっそ感情的に罵《ののし》ってほしいと思った。そうしたらこっちも「うるさい、文句があるんなら出ていけ」と勢いで言い返せるかもしれないのに、こうも冷静に説かれるとただただ身の置きどころなく沈黙するほかない。それでも、餃子は最後のひと口までうまかった。

その晩も早々に寝ついたのだが、夜中に尿意で目覚め（最近とみに回数が増えた）、トイレに立つと佳澄が洗面所でぺたぺたと顔を触っているところだった。

「あ、ごめん、起こした？」

妙に真面目な表情で鏡に向かう姿が、別れた妻にそっくりで驚いた。風呂上がりに化粧水やらを使う時の横顔や少し丸まった背中。失《な》くした実感すらなく消えていた記憶が、不意に脳内で映画でも始まったように鮮やかに再生されるのは心臓に悪い。未練はないはずなのに、己の過ちに立ち返るのが苦しい。固まる慎悟に佳澄は「何だよ」と訝《いぶか》しげに問う。

「いや……今でもそういうことをするんだな、と思って」

「そういうことって?」

「だから、それ、顔の手入れだろう。家事もきっちりするし、本当に男になるつもりがあるのか?」

「うわ」

鏡の中の佳澄が思いきり顔をしかめた。その後ろには、ぽかんと間抜けづらを晒す初老の男。

「それまじで言ってる? ないわー。男女関係なく生活営んでたら家事は発生するし、肌はきれいなほうが気持ちいいだろ」

反論は何となく予想していた。自分の考えが古いのも分かってはいるのだが、慎悟の感覚だと男は身のまわりに無頓着《むとんちゃく》なものだし、髪だの肌だのあれこれ気にするなんてチャラチャラした若者の所業だ。

「ちょっと椅子座って待ってて」

用を足してから、言われるままダイニングの椅子に掛けていると、佳澄がピンセットとおもちゃみたいな鋏《はさみ》を手にやってきた。

「せっかくだから、眉毛ちょっと整えてやるよ」

「いい、そんなことしなくて」

「よくないって。眉毛ひとつで全然印象違うんだから」

立ち上がって逃げようとしたが、手首を摑む指がひんやりとした女のそれで、振り払うのをちゅうちょしてしまった。

「やりづらいから目ぇ瞑《つぶ》ってて。余分な毛抜くからちょっとちくっとするよ」

観念して目を閉じると、まぶたより少し上で、ぷつ、ぷつ、と毛が引き抜かれるのが分かる。あっさり抜けるものも、手強《てごわ》く粘《ねば》って案外痛いものもあった。毛にも個性があるのだろうか。

「白い毛全部抜きたいけど、そしたらまばらになっちゃうんだよな」

「おい、やめてくれ」

「抜かねーよ。鋏でカットしていい感じに仕上げてやるから」

まじで見違えるよ、と自信満々に請《う》け合われると、そんなに今の俺はみっともないのかと言い返したくなる。お世辞にもちゃんとした暮らしとは言い難いが、毎日歯も磨くし風呂にだって入っている。仕事は、無気力無感動の一方で無遅刻無欠勤、一度は結婚して子どもだってもうけたのだし、各分野で平均点くらいは取れているはずだ。ただ、それを実の娘に主張するのは憚られ、慎悟は渋面《じゅうめん》を作って「どうだか」とつぶやくのが精いっぱいだった。

「眉動かすなって、やりにくいから」

さく、さく、と眉毛をカットされる音。時々ひやりと肌に当たる金属の感触、目元をくすぐる眉毛の切れ端。客観的に眺めれば滑稽《こっけい》な光景だろうと思った。冴《さ》えない独身男が、(見かけ上は)男に眉毛を弄られるの図、さまにならない。

「ふしぎなんだけどさ」

佳澄の指が、顔についた毛をそっと拭い、眉を撫でつける。やはり、女の手つきだな、と考えてしまう。

「他人にあれこれしてやりたい気持ちで、まず自分に手かけたら? 自分相手ならやりすぎも行き違いもなくて楽しいじゃん」

「そんなの、本当にただの自己満足じゃないか」

「それの何が問題? ……ほら、できた」

洗面台に連行され、おそるおそる鏡を確認すると、確かに無法地帯だった眉一帯が統治された印象で、こざっぱりとして見えた、が見違えるとは言いすぎじゃないか。

「そんなに変わらない」

「変わってるって。あと、石鹸《せっけん》つけてひげ剃《そ》ってるだろ、あれもよくない。シェービングクリームとアフターシェーブローション買ってあるから使えよ。肌に合わなかったらまた買い直せばいいし」

「面倒だな」

「何で。昔はちゃんとやってたじゃん」

「覚えてるのか」

驚いた。

「俺も大人になったらやるんだから覚えとかなきゃって思いながら見てた」

軽く憧れてたね、と佳澄は笑う。鏡に映っているのは見知った娘でも、見知らぬ男でもあった。鏡越しという微妙な距離感が、慎悟の口を軽くする。

「お前にとっては、手術するのが『自分に手をかける』ってことなのか」

「ん？」

「その……FtMにもいろいろタイプがあるそうじゃないか。見た目だけ男の格好ができればいい人もいれば、ホルモン注射を打ちたい人もいて、でも、お前が希望してるのは言ってみればいちばんハードな道で、それはやりすぎじゃないんだな？」

「勉強してくれたの？」

「前に仕事でもらった資料を読み返しただけだ」

佳澄は慎悟の背後で腕組みし、小首を傾げて思案顔になる。

「手をかける以前の問題かな。ゆうべも言ったけど、自分の認識と現実がバグってんだよ。だから現実を修正したい。バグの度合いとかどの程度修正すれば折り合いつけられるかっていうのは人それぞれだから、他人の考えは分からない。母さんにも話したけど、伝わらないんだよなあ。女に産んだわたしが悪いのかって怒り出すからさ」

寝るわ、と佳澄が洗面所から出ていくと、鏡の中には慎悟しかいなくなった。ずっとそうだったはずなのに、ひどく寒々しい眺めに思えた——いや、鏡で自分の顔をまじまじ見る機会なんてなかったんじゃないか？　後退した額、黒い毛穴の目立つ肌に浮かぶしみ、たるんだ頬、目尻や口元のしわ。それらが今、一気に自分の顔に刻まれたかのように、「老い」という現実がすぐそこにあるのを実感し、身ぶるいした。きのうきょうの出来事ではなく、慎悟の上に降り積もってきた時間。六歳で別れた娘が三十近い大人になるまでの年月、慎悟はずっと坂を下ってきた。その傾斜はきつくなる一方だろう。今さら手をかけてみたところで、何になるんだ。

鏡を見て愕然とするなんて、まるで女の化粧品のCMだな。もうあいつに影響されたのか、と無理やり笑ってみれば侘《わび》しさは増した。ため息をついて布団に潜ると、先ほどは気づかなかった日なたのにおいが鼻先に漂う。ああ、昼間に干してくれていたんだな。ありがとうと伝えようかと迷ったが、佳澄の静かな寝息が邪魔するなと言っている気がして、慎悟は黙って目を閉じた。

次の日はいつもと同じ時間に起きたのに正しいひげ剃りやスキンケアや髪のセットまでさせられて、危うく校門当番に遅れるところだった。

「眉だけ気合入った感じだと却って痛々しいからバランス取らないと」

「眉毛だけで印象が変わるって言ったじゃないか、話が違う」

「子どもみたいにごねてないで、ほら、鏡見てみ。十歳は若返ったよ。最初会った時、正直びびったもん。うわもうおじいちゃんじゃんって。これでやっと年相応。後は背中丸めないようにな」

おじいちゃんという言葉に若干ショックを受けて校門に立つと、ふだんよりさっぱりした顎に風を感じてなぜか緊張した。十歳若返ったなんてお世辞に決まっている、と思いつつ、ひとりだけ衣替えしたような面映《おもはゆ》さでむずむずしてくる。背中を伸ばすと数センチの差なのに世界が違って見えた。「おはようございます」の声も、心なしかきのうまでより通って聞こえる。自分に手をかけた結果だとしたら、ずいぶん単純なものだ。いや、今に始まったことじゃない。俺はずっと単純で、おだてられればすぐ調子に乗り、周りが見えなくなる性格だった。そのせいで痛い目を見たから、もう誰にも何にも期待するまいと決めたはずなのに。

「……ございまーす」

語尾だけクリアな挨拶を返した数人の女子生徒が、慎悟の顔を見てぷっと吹き出した。気のせいかと思ったが、ひそやかな話し声が聞こえてくる。

――え、何か色気づいてね？

――キモ……。

その場から逃走したくなった。ほら見ろ、とここにいない佳澄を恨む。だからいやだったんだ、余計なことしやがって。やっぱり、俺みたいなじじいがめかし込んだってみっともないだけだ。この年になって見た目を嗤《わら》われるなんて、みじめ極まりない。

帰宅後に苦情を申し立てたが「イメチェンに気づいてもらえてよかったじゃん」と笑い飛ばされた。他人事だと思って。

「冗談じゃない、あんな恥かかされて、もういやだからな」

「それで元に戻したら戻したで言われんじゃね」

「ならどうしろって言うんだ！」

「それは先生が決めんだよ」

佳澄は噛んで含めるように言った。

「時間かけんのだるいって思ったらやめればいいし、今の自分を続けたいんならやればいい。ただ、生徒に笑われたからっていうのはNGな。あいつらがあんなこと言ったせいだってなっちゃうだろ。理由とか原因を他人に紐《ひも》づけてると人生がどんどん不自由になる」

親と子が逆転したみたいだ。どうしても素直に頷けず「言われた事実は変えられない」とむきになって言い返してしまう。年とともに喜怒哀楽が硬直化してくるのか、感情のブレーキや方向転換がままならないことが最近増えた。

「人格が未成熟なガキの言うことだろ。俺がＪＫやってた時、友達がスカート丈詰めて登校したら教師にまあまあな暴言吐かれてたぞ。『ぶっとい脚出しやがって、誰も喜ばない』とか『学校に男漁りに来てんのか』とか。校則違反だからってそんな侮辱していいはずないけど、まあ、言う側の意識なんてそんなもんだよ」

　不覚にも「俺がJKやってた時」というフレーズで口元を緩めてしまった。

「お、ウケたな。笑えるんなら大丈夫、この話はおしまい。おでん作ってるからそれ食って忘れろ」

　確かに笑いで悔しさが中和されたのか、いつまでもこだわるほうが気持ち悪いなと思えた。しかし我が子にまんまと諭されていいのだろうか。「老いては子に従え」とはよく言ったものだ。

「お前は、何だか悟り開いたみたいな性格だな」

　佳澄は「だったらどんなにいいか」とまた初めて見る顔で笑った。アフターシェーブローションを塗った時みたいに、胸のあたりがすうすうしてくる。

「そういうふうに思わないとやってられないことがたくさん重なって、そういうふうに思うのに慣れただけだよ」

　風呂上がり、授業のプリントをパソコンで作っていると、佳澄が「お、仕事してんじゃん」と覗き込んできた。本当なら学校で仕上げる予定だったが、早く文句を言いたいあまり持ち帰ったとは言えない。

「何教えてんの？　『枕草子《まくらのそうし》』？　『源氏物語《げんじものがたり》』？」

「『とりかへばや物語』」

「何それ知らない」

慎悟はかいつまんで説明してやった。平安後期に成立した物語で作者は不詳。腹違いのそっくりな兄妹が主人公で、兄はおしとやかで慎《つつ》ましく姫のよう、妹は対照的に快活で若君のようだったため、互いに入れ替わり、それぞれが女装、男装のまま宮中で立ち回っていく。

「え、すげーな平安、とんがってんな。最後どうなんの？」

あらすじを聞いて佳澄はたちまち目を輝かせたが、「最終的にはふたりとも本来の性別に戻って丸く収まる」と答えるとあからさまにがっかりしていた。

「何だ、結局そんなオチかよ」

「平安時代に性別適合手術はないからな」

「『とりかへばや』って『取り替えたら』って意味？」

「違う」

ちょっとためらったが、正直に話した。

「兄妹の父親が、男らしくない息子と女らしくない娘の将来を憂《うれ》えて『互いの中身を取り替えたい』と嘆いた台詞《せりふ》だ」

佳澄の意に沿う結末ではないだろうが、物語として面白いので現代語訳でもいいから読むよう勧めてみたが「たりぃ」のひと言で拒否されてしまった。


それからも慎悟は丁寧にひげを剃り、肌のケアを続けた。何に勝ちたいのか定かではない負けん気が頭をもたげたのと、自分自身にかけるささやかな手間が楽しくなったから。その時だけでも、よし、と思える。化粧水をたっぷり取った手のひらを顔に押し当てると、じゅわっとした感触や冷たさが心地いい。化粧水の成分以外のものも染み込んでいく気がする。ほっとする。寂しいひとり者の空しいひとり上手なんかじゃない。こんな感覚を、男に生まれたというだけで知らずにきたのは損だと思った。

「最近、ぱりっとしてらっしゃいますね」

一週間ほど経ち、同年代の女性教員からそう声をかけられた。慎悟にもまあまあ友好的に接してくれる相手なので「そうでしょうか」と愛想笑いを返す。

「そうですよ。若々しいっていうか」

「あ、実は今……娘が、うちにきてまして。あれこれとアドバイスなんか」

「いいですねえ、やっぱり女の子は細やかに気配りできますもんねえ」

何でもない世間話が、引っ掛かった。佳澄が女だから気配りできるわけじゃない。でも、心からそう思っているのなら「息子」と言ったってよかったんじゃないか。どこかで佳澄を息子だと受け入れたくないのか。ややもやと考えながらふと卓上のカレンダーに目をやると、佳澄の誕生日が近い。記憶のスイッチは実に気まぐれなものらしく、長い間思い出しもしなかった日付が、急に意味を持った。読まないだろうな、と思いつつ図書室に行き、「とりかへばや物語」を探したが貸出中だった。

何か欲しいものはないか、とその晩佳澄に尋ねたのは、昼間の後ろめたさをチャラにしたかったからだ。

「いい年した子どもの誕生日なんかよく覚えてたな。そんで、ちゃんと希望聞いてくれんの？　成長したじゃん」

軽口を叩きながらも上機嫌で、「どーしよっかなー」と鼻歌交じりに食器を洗ってから「温泉行きたい」と言い出した。

「部屋に露天《ろてん》風呂ついてるとこ。俺、このナリだと大浴場入れないから」

となるとそれなりのランクの宿だから高くつきそうだったが、慎悟は「任せるよ」と頷いた。佳澄はすぐに携帯を弄り始め、ものの十五分後には「取れた、今週の土日な」と決めてしまう。

親子ふたりきりで小旅行、なんてものすごく仲がいいみたいで恥ずかしかったが、佳澄はふだんと同じテンションでレンタカーを運転し、家から一時間半ほど走った山間《やまあい》の宿に向かった。廃旅館をリノベーションしたとかいうホテルは飾り気がなさすぎて冷たい印象──ではなく佳澄によると「機能的でセンスがいい」らしかった。

佳澄が部屋の露天風呂に入っている間、慎悟は大浴場に行った。露天の湯船の隅っこから見るともなしにほかの客、というかほかの肉体を眺めてみれば、ギリシャ彫刻のような絵になる男などは見当たらず、腹が出ていたり、毛むくじゃらだったり、足が短かったり、それぞれに生々しい悲喜交々《ひきこもごも》を感じさせる身体で、もちろん慎悟だって例外じゃない。新品で生まれて早や五十余年、マンションならリフォームや建て替えが必須《ひっす》だし、車ならとうにお役御免だろう。特別見栄えがいいわけじゃない、あちこちガタも来ている。不満を挙げればきりがなかろうと、心臓が止まるまではこの容れ物で生きていくほかない。誰も、誰かと取り替えることはできない。そう思うと、このむさ苦しい男湯でふやけている名前も知らない連中が無性にいじらしく、不器用な存在に見えた。安っぽい感傷だが、佳澄と再会していなければこんな気持ちも知らなかった。のぼせてふらつきながら上がり、家でするように鏡の前で化粧水と乳液を使った。旅先だからか、奇異の目で見られようが構わないと大胆になれた。たったの十分、自分への愛着を育てる儀式みたいなものだ。

周辺には特に観光地などもなく、湯上がり処《どころ》で雑誌を読んだりしてだらだらと過ごし、コースの夕食を摂《と》ると、ゆうべ遅くまで期末テストの問題を作っていたせいですぐ睡魔に襲われる。ぶ厚いマットレスはのされて薄くなった家の敷布団とは雲泥《うんでい》の差で、まさに雲の上にいるような心地で熟睡した。

目覚めると、隣のベッドが空っぽだった。まだ五時過ぎなのに、旅先でも律儀にジョギングに出かけたのだろうか。慎悟も浴衣がわりの作務衣《さむえ》に羽織《はおり》を引っかけて無人の大浴場で朝風呂を堪能《たんのう》し、いい気分で戻ると部屋の前に佳澄が立っている。

「どうした」

「どうしたじゃねーよ、鍵」

「あ」

「おい」

オートロックだと分かっていても、一応扉を押してしまうのはなぜだろう。

「まじかよ、入れねーじゃん」

「大きな声を出すな、フロントに頼んでくるよ」

「だからそのフロントがいないんだって」

そういえばそうだ、午後十一時から翌朝六時まではスタッフがいないと説明された。緊急連絡先が記されたメモも携帯も部屋の中。

「……どうしよう？」

すっかり佳澄を頼りにするくせがついた慎悟が尋ねると「待つしかねーだろ」と消極的な答えが返ってきた。廊下で立っているのも何だからロビーのソファに移動する。幸い、空調は動いていて肌寒いが凍《こご》えはしなかった。

「大浴場、どうだった？」

「広くて気持ちよかったよ」

「いいな」

それがとても幼い口調に聞こえ、胸が痛んだ。

「手術したら堂々と男湯に入れるんだろう？」

「どうかな、しばらくは胸にも腹にも傷痕《きずあと》残るだろうし、アレの出来がどんなもんか分かんねーし。違和感ありありの仕上げだったら無理だな」

「そうか」

何かを取り除くより、つくるほうが確かに難しそうだった。

「……俺のをやれたらいいんだけどなあ」

もうオスとしての目的で使うこともないだろうし、外見上の体裁だけなら、と本当に何気なく口にしたら佳澄は「キモ！」と叫び、それから爆笑した。男女の端境《はざかい》にいる娘の笑い声が無人のロビーに響き渡る。

「こら、静かにしろ、誰か来たらどうする」

「どういう発想だよ、おっさんの萎《しな》びたチンコなんかいらねえよ！」

佳澄は注意などお構いなしにげらげら笑い「やべ、涙出てきた」とパーカーの袖で目を拭う。それから、一人掛けのソファをくるりと九十度回転させて外に向けた。中庭の小さな池や人工の滝の向こうには、まだ闇《やみ》に沈んでシルエットも見えない山がある。

「女に追い出されたって言ったよな、俺」

さっきまでの陽気さはどこへやら、夜明け前にふさわしい静かな声で佳澄がつぶやく。横顔を隠すように頬づえをついているので表情は分からなかった。

「うん」

「ほんとはさ、有り金取られて、つか貢いじゃって、用済みになった。親の手術とか言われてさ、まあ嘘だろうなって分かってたけど、嘘だと分かってても金出す俺のこと、好きでいてくれんじゃないかって思っちゃった」

「いったいいくら渡したんだ」

「五百万」

思わず天を仰いだ。バカか、という言葉を必死で飲み込む。

「借用書は？」

「ない」

「それでも、金絡みのやり取りしたメールとか、何かあるだろう。弁護士に相談して

「……」

「いい」

佳澄は力なくかぶりを振った。

「そんな、お前、泣き寝入りできる金額じゃないぞ。手術したいんじゃなかったのか」

「『今まであんたみたいな変態とつき合ってやってただけで感謝してよ』って言われた。もし対面してあれをもっかい言われたら死ねる」

自分が侮辱されたわけでもないのに、胃から喉まで土を詰め込まれたように声も呼吸もぐうっと詰まった。

「友達は、前から『あの女やばい』って忠告してくれてたのに、聞く耳持たなかった。都合のいい言葉にだけ縋《すが》ってたら結局誰も何も残らなかった」

お前、俺と同じじゃないか。「適量」が分からなくて、周りが見えなくなってただ差し出せるだけ差し出して、気づけばひとり裸でふるえている自業自得の結末。ろくに接してこなかったのに、何でこんなところが似るんだ。佳澄の愚《おろ》かさが苦しく、腹立たしく、そしていとおしかった。自分と同じ欠点を知り、やっと確かな愛情を感じるなんて、どこまでも小さな男だと思う。

「……ひょっとして、その話も電話でしてたのか？」

「いや、今が初めて」

佳澄はふっと軽い息をつき、急に吹っ切れたようにさばさばと話す。

「手持ちの金も心細くて漫喫にいる時、警察から電話かかってきたんだ。二年前に電車で失くした財布が見つかりましたって。当然期待するだろ、神さまありがとうって思うだろ、でもいざ取りに行ってみたら現金なんか一円も入ってなくて、中身は薬局のポイントカードと、先生の携帯番号書いたメモだった。二十歳になった時『今後は何かあったら自分で連絡しなさい』って母さんから渡されたやつ」

ちょうど、固定電話を解約したタイミングだったのだろう。

「別にいらねって財布にしまって、それから何度か財布替えたけど捨てそびれてたっぽい。もらったことも忘れてたのに、ぼろっぼろになった財布の中からそれが出てきた時、お告げみたいな気がした」

じわじわと東の空が白んできていた。闇は澄んだ藍色《あいいろ》にまでトーンを上げ、地上に近づくにつれてさらに明るいグラデーションになっていたが、山の稜線《りょうせん》の向こうにいるはずの太陽はなかなか顔を出さない。光はまだ、夜明けの途上にいる。

慎悟は、何か声をかけなければと思った。でも何を言えばいいのか分からなかった。傷つけない言葉。慰める言葉。今この場で、佳澄にかけてやれる適切な、適量の、親としての言葉は何なのか。明るい朝の光が射し込んでくれれば閃《ひらめ》くかもしれないと根拠のない期待を抱いたが、それより早くフロントにスタッフがやってきた。

「おはようございます」

「あ、すいません、鍵、部屋に置いて出ちゃって」

佳澄がすっと立ち上がる。それから朝食の間も、チェックアウトして家に向かう車中でも、佳澄の口から昔の話は出てこなかった。ある程度吐き出して気がすんだのだろうか。

「久々に車乗ったし、ちょっとひとりでドライブしてくるわ」

マンションの前で慎悟を下ろすと、そう言って再び走り出した。ひと晩空けただけなのに、行き届いたホテルから古いマンションに帰ると、壁の黄ばみや畳の日焼けがうらぶれて見えた。せめて空気だけでも新鮮に、としばし窓を開けて十二月の風に耐える。冬の太陽はじれったく昇ってあっという間に落ちていくから、すぐに薄暗くなったが佳澄は帰ってこない。慎悟は明かりもつけずにじっと考え込んでいた。

佳澄が巻き上げられた五百万円を、自分が補塡《ほてん》してもいいんじゃないかと。

ひとり暮らしで趣味もないから、ローンを完済してからちょうどそのくらいの蓄《たくわ》えはできた。老後の不安など数え上げればきりがないが、あと何年かは働けるし、退職金も年金もある。だから別に金が惜しいんじゃなく、慎悟の迷いは、子どもの性転換に五百万出すのが「適量」かどうかという点にあった。別れた妻が知ったらまた「やりすぎだ」と怒るだろうか。でも、手術をするのなら少しでも若いうちがいいだろうし、佳澄には成人式の振袖《ふりそで》も支度してやらなかった。いやあいつに振袖は必要ないけど、何百万もする着物を誂《あつら》える親だっているんだから似たようなものだと思えば……。柿色の西陽《にしび》が慎悟を残して沈む。もし佳澄に告げたら何と言うだろう。喜ぶ顔よりは「またそんなこと言ってんの？」と呆れる顔のほうがたやすく想像できた。じゃあ、形式的な借用書を作って、月一万円ずつとか返してもらうのはどうだろう。いいアイデアだと思ったが、提案する相手がまだ帰ってこない。どこまでドライブに行ってるんだ？　電話をかけると留守番電話サービスに接続され、一方的に声を吹き込むのが苦手な慎悟は黙って切った。

朝になっても佳澄は戻らなかった。警察に相談だけでもしたほうがいいのかもしれないが、いい大人だし、佳澄の性別や外見についてあれこれ説明するのもためらわれ、慎悟はひとまず出勤した。佳澄から何か連絡がないかとそわそわ午前の授業を終え、昼休みになるといつものコンビニではなく郵便局へ向かう。冬のボーナスの支給日だから入金を確かめ、佳澄に援助する場合いくらまで可能かもはっきりさせておきたかった。

しかし、ＡＴＭに表示された残高を見て、愕然とした。

百二十万七千四百五十六円。そんなはずはない。きょう振り込まれたボーナスを差し引けば一ヵ月分の給与にも満たない。通帳は手元になく、窓口も混雑していたので小走りで学校に戻ってパソコンから自分の口座情報にアクセスする。

どういうことだ。周りに誰もいなかったら声に出していたと思う。先週の金曜日、窓口で五百万円引き出されている。泥棒が通帳と印鑑を盗み出したとしてもこんな金額を一度に下ろせるわけがない。だったら。慎悟は校舎裏に駆け出し、再び佳澄の携帯にかけた。動悸《どうき》で胸がずきずきし、血管の急激な収縮が肉体に負荷をかけているのがよく分かる。

『もしもし』

きょうはあっさり応答があった。しかも「佳澄」と呼びかけただけで悪びれもせず「ひょっとして金下ろしたのばれた？」と触れてきた。

『通帳と判子はすぐ見つかったし、夜中に財布から免許証抜いといて、勝手に署名した委任状と一緒に窓口に出して引き出した。父親は病気で身動き取れないって言ったら全然怪しまれなかった。俺、そういう芝居上手いんだよ。病院でいっぱい見てきたおかげかな』

「お前は何を言ってるんだ？」

『警察行く？　身内の犯行だし、こっちは住所不定無職だからめんどくさがられるかもな』

「そんなことを訊いてるんじゃない」

『金が欲しかったって言ってる』

電話越しにも慎悟の声がふるえているのは分かるだろうに、佳澄は平然としたものだった。

「金って、手術代なら、俺は」

『出してやるつもりだった？　それでいい父親だなーって、五百万の自己満足？　んな寒いことされたくないから盗んだんだよ。清々《すがすが》しい気持ちにさせてたまるか』

吐き捨てるような口ぶりに、初めてはっきりとした憎悪《ぞうお》を感じた。心臓の中心に氷が放り込まれ、それが全身を巡る血をどんどん冷やして指先から麻痺《まひ》させていく。

『子どもの頃、最後に会った日に話したこと覚えてる？』

「……いや」

『だろうね。じゃあ、そういうことで、さよなら』

別れの言葉とともに通話は切られ、慎悟にかけ直す勇気はなかった。混乱してとてもまともな会話などできそうにない。あいつはずっと俺を恨んでいて、うちに来たのも、あれこれ世話を焼いたのも油断させておいて金を引き出すタイミングを狙っていただけで……なら、温泉は何だったんだ。親子ごっこで喜ばせてから突き落とす、その落差を仕込む計画の一環に過ぎなかったのか？　無防備に立ち尽くす頭上に「あっ、須崎せんせーい」と声が降ってくる。振り仰ぐと、四階にある図書室の窓から司書が手を振っている。

「先週『とりかへばや物語』探してたでしょう？　今返却されたとこなんで取りに来てくださーい」

いや、それどころではない。たった今不要になりました、と断ればいいものを、向こうが「良かったですね」とにこにこしているので何も言えず、四階まで息を切らして借りに行った。

コンビニ弁当をぶら下げて暗い家に帰り、ひとりで酒を飲む。何年も繰り返してきたルーティンに戻っただけなのに、弁当には味がなく、酒は水たまりを直に啜っているようだった。侘しかった。退屈だった。そこまで嫌われるほどの、俺がいったい何をしたんだとやりきれなくもあった。お前の八つ当たりじゃないのか。昔のことをいつまでも根に持って、女々《めめ》しいんだよ。風呂から上がってしばらく経つと顔がぱりぱり乾燥してきた。化粧水と乳液を怠《おこた》ったせいだ。手をかければかけただけ、抜けば抜いただけ肉体には正直に表れる。ああ、身体なんか維持して生きていくのは面倒だな。心底思った。二日前の瑞々《みずみず》しい感覚は涸れ、どうせ俺なんてその程度だ、という倦《う》んだ諦めがはびこっていた。実の子に騙《だま》されて、おだてられて調子に乗って。お前もバスケ部のやつらと同じで、ちょろいカモだって内心で舌を出してたんだろう。

冷えきった布団に入っても一向に眠くならなかったので、仕方なく持ち帰ってきた「とりかへばや物語」に目を通す。授業で取り上げるごく一部以外を読むのは久しぶりだった。

権大納言《ごんだいなごん》のふたりの子、お絵描きや人形遊びが大好きな愛くるしい「若君」と笛や漢詩に長《た》けた利発な「姫君」が父親を悩ませる。「成長すれば皆と同じようになるだろう」という希望的観測をよそに若君はますます姫君らしく、姫君は若君らしくなっていく。若君に扮《ふん》した姫君の優れた容姿を、権大納言はこう嘆いている。

――あないみじ、これももとの女にてかしづきたてたらんに、いかばかりめでたくうつくしからん……。

何てことだ、この子も元の女として育てられたら、どんなに素晴らしく愛らしいか。そして、無邪気で快活だった姫君もやがて年頃を迎え、自らの「バグ」に思い悩むようになる。

――なを幼きかぎりはわが身のいかなるなどもたどられず、かゝるたぐひもあるにこそはと、心をやりてわが心のまゝにもてなしふるまひ過ぐしつるを、やう〳〵人の有様《ありさま》を見聞き知りはて、物思ひ知らるゝまゝには、いとあやしくあさましう思ひ知られゆけど、さりとて、今はあらため思ひ返してもすべきやうもなければ、などてめづらかに人にたがひける身にかと……。

幼い頃には我が身がどうだとか考えず、こんな人間もいるだろうと想像して心のままに振る舞い生きてきたが、だんだんと他人の暮らしぶりを見聞きして知るようになると、自分がおかしいのだと恥ずかしく思うようになった。だからといって今さら考えを変えてもどうしようもなく、「どうしてわたしはこんなに変で人と違ってしまったんだろう」と嘆いた。

ページをめくる手が止まった。仰向けに寝そべって安静にしているはずなのに、ざわざわ胸が騒ぎ、呼吸が浅くなってくる。

——何でだろう、わたしだけ変なのかな。

——怖いよ。

切れかけの蛍光灯みたいに記憶が明滅する。佳澄。

いつも元妻を介して約束していたのに、どういうわけか娘が「お母さんには内緒で会いに行っていい?」と電話してきた。戸惑いつつ日時と場所を決めて待ち合わせすると佳澄はいつも以上に硬い表情で、運ばれてきたアイスティーに手もつけなかった。何だ、母親と喧嘩でもしたのか。家出なんかしてこられたら厄介《やっかい》だな、と慎悟は内心ひやひやしていた。

佳澄、と極力穏やかに呼びかける。

——どうしたんだ、黙ってちゃ分からないぞ。

——お父さん……。

佳澄はようやく口を開いたかと思えば、きゅっと唇を噛んでうつむく。肩まである髪が揺れた。

——佳澄?

――わたし、生理がきた。

ぱっと顔を上げると、そこからは堰《せき》を切ったようだった。

――お母さんが、おめでとう、よかったねって言う。学校の友達もお祝いしてもらったんだって。でもわたし、嬉しくないの。生理がきて、来年中学生になって制服だからスカートはかなきゃいけなくて、身体が勝手に赤ちゃん産む準備して、そういうの全部すごくいやなの。卒業式でおそろいの髪型にしようって友達に言われて髪を伸ばしてるのもいや。何でだろう、わたしだけ変なのかな。怖いよ。

慎悟は面食らった。そして、交流の薄い娘から「生理」という単語を出されて動揺もした。縋るような佳澄の眼差しを煩わしく思い、はーっとため息をついた。何で俺なんだよ。

――……いや、お父さんには分からないな。そういう話は勘弁してくれ。ああ、保健室の先生とかに相談したらどうだ?

あの後、佳澄はどんな顔をしていたっけ。

顔の上にぼとっと本を取り落とし、目の前が真っ暗になった。母親にも友達にも打ち明けられず、気安い間柄とはいえない父親にSOSを出すほど追い詰められていたのに、慎悟は「分からない」と娘を突き放し、背を向けた。また適量を間違えていた。変じゃないよ、心も身体も取り替えられないけど、これからどうすればいいのか一緒に考えよう。どうしてそう言ってやれなかったのか。何百年も昔に描かれた姫の苦しみ、今生きている佳澄の苦しみが二重に響き、にじんだ涙が借り物の本をすこし濡らした。こんな干からびた男でも涙腺《るいせん》はちゃんと生きている。身体はちゃんと、泣いてくれる。

呼び出し音の後、ぷ、とかすかな音で回線が繋がる。

「佳澄か」

思い出したよ、と慎悟は言った。

「ひどいことを言って、お前の悩みに少しも寄り添わなくて、本当にすまなかった。金は、必要なことに使いなさい」

電話の向こうは沈黙していた。でも、佳澄の気配を確かに感じた。

「……悪かった。元気でいてくれ」

『父さん』

佳澄の声がした。

『電話した時、俺、やけくそで、文句言ってやるつもりだった。嘘でも自分を受け入れてくれる相手に依存して何でも言うこと聞くようなアホになったのは、あんたが俺を拒絶したせいだって……でも、あんた酔っ払ってたから。「佳澄だけど」って言ったら、「おお、元気だったか!」って、めちゃめちゃテンションたけーの。出鼻挫《でばなくじ》かれてさ、何しゃべっても「えらいな」「頑張ってるよ」って妙に優しいし。試しに「そっち置いてよ」って言ったら「好きなだけいなさい」だよ』

そのやり取りは今でも思い出せない。くだを巻いて暴言を吐いたりしていなくて本当によかったと思う。

『「寂しい」って言ってた』

ひとりは寂しい、お前が来てくれると嬉しい、慎悟はそうこぼしたのだという。

『顔見て、家入ったら、ああーって感じ。もう、絵に描いたような、ザ・おっさんの孤独。見てるだけで気が滅入る。これ、俺の三十年後の姿かもって思ったらぞっとして、気づいたらお節介しちゃってた。バカだよな。年取って弱っちくなった人間目の前にして怒り続けんのって案外難しいんだよ。いっそ再婚して子どもつくってぬくぬく暮らしてくれてりゃよかったのに』

うまくいかねえな、と佳澄はぼやいた。

『温泉泊まった翌朝、手術の話になっただろ。「俺のをやれたらいいんだけどな」って。まじ笑うんだけど、あの瞬間、俺、許しそうになった。もういいやって思いそうになった。だって親の言葉だったもん。病院で子どもが苦しんでんの見て、代わってやりたい、自分の心臓とか手足をあげたいって泣く親と一緒で、嘘がなくて真剣だった。だから、それはありがとう。……いや、もらえてもいらねえけど』

そうか。適量じゃなくてもいい時がある。叶うことのない願いや祈りなら溢れても大丈夫だった。そして叶わない願いが無力だとは限らない。

ひとつだけ、と慎悟は言った。

「手術して本当に佳澄《よしずみ》になっても、佳澄《かすみ》だと思っててもいいか。お前が生まれた日、晴れた朝で空がきれいだった。だから佳澄ってつけた。名前を呼ぶ機会がもう二度とないとしても、佳澄だって思いたい。そのバグだけは俺に残しておいてくれないか」

『……何だそれ』

佳澄が小さな声で言った。

『初耳なんですけど』

「うん」

カーテンの隙間から真っ白い朝の断片《だんぺん》が訪れてくる。夜明けだ。佳澄はここにいないけれど、もう会うこともないかもしれないけれど、南国の太陽の下で象に乗って笑う息子を想像すると、寂しくても生きていける気がした。この電話を切ったら顔を洗い、鏡に向かうのだ。

式　日

きのうの夜遅く（だから正確にはきょうの未明）、高校時代の後輩から一年ぶりに電話があった。

『俺、父親死んじゃってあした葬式なんだけど、ほかに呼べる人いないし、先輩来てくんない？』

何その合コンみたいなノリ、と思ったが、ちょうど仕事も休みだったし「いいよ」と返事した。でも、第一には「葬式」というものに参列してみたいという気持ちが大きかった。まだ、誰の弔いにも加わった経験がなかったから。半ば物見遊山《ものみゆさん》ながら、一応黒い服に黒いコートを羽織って黒い靴を履くと、玄関先の全身鏡で色彩の抜け落ちた自分の姿を眺める。元々黒が好きなので普段の服装と大差なかった。

——向田邦子《むこうだくにこ》みたい。

知り合って、何度か一緒に遊んだ頃、後輩からそう言われた。

——誰？　テレビ見ないから、芸能人知らない。

——違うよ、脚本家で、エッセイとか小説も書いてた。もう死んじゃったけど。黒い服ばっかり着てたんだって。

——へえ。面白い？

——……人による、かな。

——そっか。

後輩は、読書家だった。こっちが年に一冊読破できるかどうかだというレベルなのを差し引いても、よく本を読んでいたと思う。えらいじゃん、と冷やかしたら「図書館ってタダだったから」とそっけなく返された。

——寝てたら怒られるし、そこにあるもん読むしかないだろ、で、読書って習慣だから。歯磨きとかと同じようなもんになった、そんだけ。

去年、何がきっかけだったか、向田邦子の画像をたまたまネットで見た。白黒の写真だったが、確かに黒い服を着た、美しい、それでいて眼光の鋭い人だった。まるできょうの、冬の光のように透き通ってまぶしく、一瞬で腹の中にまで刺さりそうな。もうこの世には存在しない眼差《まなざ》しだと思えば、縁もゆかりもない人間でも何となくぴしっと居住まいを正さねばならない心持ちがした。本はまだ、読んだことがない。

マンションを出てから、イヤホンを置いてきたことに気づいた。移動中はいつもワイヤレスのイヤホンで音楽を聴いているので、あれがないと落ち着かない。でも取りに帰るのも億劫だから、きょうくらいは、とそのまま歩き始める。ゴミ出しの時でさえ欠かさないイヤホンを忘れるなんて、すこし緊張しているのかもしれない。

そうやって音楽ばっか聴くのやめろよ、と後輩からたびたび注意されたものだった。車に気づかず事故に遭うかもしれないし、難聴になるかもしれない。どんなにリスクを説かれても、歩きながら、あるいは乗り物の中で、音楽を聴くのが好きでやめられなかった。雑音を遮断し、脳内で響くお気に入りの曲をリピートするためだけに旅に出たいと思うほどだった。「分かってるってば」と毎度適当な生返事で聞き流していた、自分のそういうところがいけない、と今さら思う。足を速めると、か細い氷の糸が頬を撫でていくように真冬の空気がぴしぴしと肌に痛い。

久々に耳をオープンにして歩く街は驚くほど多様な音に満ちていた。自分の靴底がじゃりっとアスファルトを踏み、コートと中の服がかさかさ擦れる。車が走り、自転車が駆け抜け、信号機が電子音のメロディを奏でる。どこかで犬が吠《ほ》え、子どもが泣き、コンビニの自動扉がチャイムとともに開閉する。鳥のさえずり、パトカーのサイレン、誰かの着信。うるさい、というわけじゃなく、ひどく新鮮だった。家の中にいて外の物音が聞こえてくるのとは全然違う。こんなにいろんな音に取り囲まれてたなんて。後輩に言ったら「どんだけイヤホン中毒なんだよ」と呆れるに違いない。

コンビニで香典《こうでん》袋と薄墨《うすずみ》の筆ペンを買ったが、いつどういうタイミングで渡せばいいのか分からない。ほかに参列者がいないのなら受付もなさそうだし、と考え、いらなければ持って帰ればいいと決めた。数珠《じゅず》は売っていなかったので、途中のどこかでありそうな店を見つけたら入ることにする。目的地までは遠い、どこかでチャンスが巡ってくるだろう。駅構内のカフェに入り、十一時半までのモーニングセットを滑り込みで頼むとゆで卵に塩の小袋がついてきて、昔、後輩が葬式の帰りにやってきたのを思い出す。玄関のドアを開けると「これかけて」と白い紙包みを差し出したのだった。

——このままじゃ入れないから。

——何これ。

——清めの塩だって。……いや、頭から振りかけんなよ、胸、背中、足だって。

——知らないし。

——実は俺もきょう初めて知った。

勤め先の社長のお父さんが亡くなったのだと言った。「お葬式ってどんな感じ?」と訊くと後輩は「何かすごかった」と要領を得ない感想を洩らした。

——ナレーションみたいなのが読み上げられて……どこで生まれて、とか。「激動の昭和を生き抜き」って、リアルで聞くことある? 読経《どきょう》とか、もろもろ終わったらジャスト一時間経ってて、はい、じゃあ出棺でーすって、棺桶《かんおけ》置いてる台にキャスターついてて、がらがらーって運ばれてくの。式っていうか、ショー見せられてるみたいだった。

——プロだね。

向こうにとっては仕事で、日常業務の一部なのだろうし、まごつかれるよりはいいと思ったが、後輩は不安と不満が入り混じったような複雑な表情で「俺が死んだら葬式ってどうなるのかな」とつぶやいた。

——「激動の平成を生き抜き」じゃないの。

——短いな。

——じゃあ「激動の二十一世紀」。

——長い長い。生き抜けない。

不景気の平成、IT革命の平成、少子化の平成、携帯電話の平成、「平成」にふさわしい看板を適当に並べ立てるうちにおかしくなり、ふたりともこたつの天板に突っ伏して笑い出した。そういえばあれも冬だった。後輩が着ている喪服の、艶消《つやけ》しの黒があたりの音を吸着してしまったかのように、やけに静かな夜だった。あの喪服は買ったのか、誰かから借りたのか。こたつで寝落ちする寸前、ぼそっと聞こえた。

——誰の人生だって、激動だよなあ。

ゆで卵の白身に振りかけた透明な塩の粒はすぐに見えなくなり、けれど歯を立てれば確かなしょっぱさが舌に溶ける。記憶というのは面白いもので、頭の引き出しにしまい込んでいた日常の一コマが、ちょっとしたきっかけでよみがえってくる。誰の人生だって激動。その言葉に返事をしたのかどうか思い出せないけれど、今なら「そうだね」と頷くだろう。たとえば死に別れること、生き別れること。激動だ。そして誰の人生においても必然だ。もこもこと口の中にへばりつく黄身をコーヒーで流し込む。

特急電車に乗ると、いくつ目かの停車駅で学生の群れが駆け込んできた。まだ昼なのに、試験期間か何かだろうか。ささやかなアレンジで精いっぱいの個性を出した制服姿と学校指定のかばんを見ると、懐かしい気持ちになった。といっても定時制だったので一般的な高校生活とはかけ離れていたが、黒板の上の丸い掛け時計や、脚にゴムのカバーを履いた机とともに、老若男女のクラスメイトたちを思い出す。腰の曲がったおばあちゃん、キャバ嬢、元引きこもり、外国人もいた。キャバ嬢は気のいい女の子で、授業中の眠気覚ましにとフリスクを手のひらにざらざら振る舞ってくれたものだった。一気に口に入れるとすうすう辛くて目が覚める。照明を落としたグラウンド、授業で使う教室以外は真っ暗な校舎、ひと気のない廊下。高校と聞いて連想するのは消灯後の寒々しい光景ばかりなのに、今でもほんのりと温かな手触りがある。後輩にとってもそうだったらいい、と思う。

後輩は、昼間の、いわば「普通」の時間帯に通っていた。

——すいません、テスト前なのに辞書忘れちゃって。今、いいすか？

突然、授業中の教室に現れた「普通」の高校生は、ごった煮めいた二部のクラスに無言のざわつきをもたらした。

——やべ、って感じだった。

第一印象をそう打ち明けると、後輩は「何で」と笑った。

――子どもが寝た後でこっそり遊ぶおもちゃの歌覚えてる？　あんな感じ。子どもが急に起き出してきて、箱に隠れなきゃ、みたいな。みんな、同じ感覚だったと思う。

――悪いことしてるわけでもないのに？

――間借りして学校ごっこしてるっていう気恥ずかしさはあったかな。

たまたま自分がお邪魔しているところがまさに後輩の机だったので、英和辞書を取り出して渡すと「すいません」と遠慮がちに会釈した。昼間の学生とすれ違うことはあっても言葉を交わすのは初めてで、家主に会ったような恐縮した気持ちとともに尊敬の念を覚えた。わざわざ辞書を取りに戻るなんて、普通の高校生の試験はきっと大変なんだろう。ノートをちぎって「テスト頑張ってください」と書き、たまたま持っていた小袋の豆菓子も添えて机の中に入れた。駅前でもらった、美容室のティッシュのおまけだった。次の日の晩、机の中に返信のメモを発見した時は嬉しかった。

『ありがとうございます。おいしかったです。今、何も持ってなくてすみません』

そこから紙切れだけの交流が始まって一ヵ月くらい飽きずに続いたので携帯番号とLINEのIDを書き残すと公衆電話からかかってきた。

――俺、携帯持ってないんで。

今時珍しい、と思ったが、突っ込んで訊きはしなかった。「家庭の事情」が介在しそうな話題はあらかじめ避ける癖がついていた。

——定時制って四年あるんですよね、今何年すか?

——三年目。

——俺、二年だから先輩ですね。

それから先輩と呼ばれるようになり、休みの日に会うようになり、ちょくちょく遊んだ。同じ年に卒業できるね、と言っていたのに、後輩は三年に進級すると同時に退学してしまった。「勉強しても役に立たなそうだし、バイク欲しいから早く働きたい」というのが理由で、賛否の意見を述べる立場ではないと思い「ふうん」と頷いた。せっかく二年頑張ったのに、とか、高卒と中卒じゃ全然選択肢が違ってくるよ、とか、説教じみたことは言いたくなかった。六つ下の後輩にとって「普通」の大人になりたくない、と妙な矜持《きょうじ》があった。すこしは説得を試みるべきだっただろうか、今考えたってどうしようもないのに。

電車を二回乗り換えて目的の駅に着くと、駅ビルの百均で数珠を手に入れた。安くあげたかったわけじゃなく、そこにしか置いていなかった。そして百均にはこの世のすべての物品が並んでいるのでは、と思わせる圧倒的な品揃えだった。百均の平成、と心の中でつぶやくと「安い安い」という後輩の突っ込みが聞こえてきそうだ。

指定されたとおり駅の北口に行けば、後輩の姿はすぐに分かる。黒ずくめの出《い》で立《た》ちでまっすぐ立っているから鉛筆みたいに見えた。目が合うと、呼び出したくせにちょっと困ったような顔になる。え、まじで来ちゃったの？　とでも言いたげだった。

「お待たせ」

「ううん」

「喪服、前も着てたやつ？」

「いや、あれは借り物だったから、これはけさ慌ててイオンで買ったやつ」

似たようなことをしている。

「葬儀場までバスだから」

すぐ目の前のバス停で五分と待たないうちに、聞いたことのない団地に向かうらしいバスがやってきた。

「これ？」

「うん」

後輩がひとり掛けの座席に座ったので、その真後ろを選んだ。背後から眺める耳のかたちや、襟足の、生え際のラインが懐かしい。やがて五、六人の乗客を乗せ、バスは出発する。

「どれくらいかかる？」

「二十分かな」

「そう」

「ごめん」

振り向かないまま、後輩は言った。

「急に遠くまで呼び出して」

「暇だったし、いいよ」

「このへんで死んだから、まあ、現地ですませるほうが楽かなって」

「うん」

そのあとは、含みのある沈黙だった。何か言い残している。一年程度のブランクがあっても、こういう空気はまだ察知できる。この先二年、三年と経てば蓄えた親密さの余熱も消えて心のうちを読み取れなくなり、いずれは完全な他人になるのだろうか。

後輩が言いそうな台詞を考えてみる。

「『まさか』って思った？」

「え？」

「まさか来ると思わなかった、って言いたいのかなって」

「違う」

すぐに否定された。不正解。思ったより退化してる？

「先輩は絶対来てくれるって分かってた。だからこそ、甘えちゃいけなかったのになって思う」

小難しいことを考えているようだ。後輩はいつも自分よりいろいろ気を遣い、気をまわし、気に病んでいた。細やかさが好ましかったし、もっと適当でいいのに、とじれったい時もあった。何を悩もうが悩むまいが最終的には死ぬのだから。悲観でも楽観でももちろん達観などでもない、子どもだって知っているただの事実だ。

「へえ」

気のない答えを返すと、後ろ頭がごく軽く揺れた。声を出さずに笑っているようだ。

「めんどくさいなって思っただろ」

「うん」

そこで初めて後輩はちらりと振り返り「そういえばきょう、イヤホンは？」と尋ねた。

「忘れてきた」

「まじ？　財布とか鍵忘れてもイヤホンだけは肌身離さなかったのに」

「そういう日もあるよ」

「知らないうちに改心してたのかと思った」

「別に悪いと思ってないし」

「イヤホンないとどう？　物足りない？」

「世界が音で満ちてた」

「中二かよ」

「違うよ、新鮮だった」

いつもイヤホンでシャットアウトしていたので、耳からの情報を取捨選択するのが下手なんだろうと思う。

「今まで、耳ふさいで生きてきてたんだなって実感した」

「死ぬ時、最後まで生きてるのって聴覚らしいよ」

そんなの誰が証明できるの、と言おうとした時、降車予告のアナウンスが軽やかに響いた。

——つぎ、停まります。

それが合図だったように後輩はまた前方に向き直った。新品の喪服の肩の、まっすぐな下りの傾斜に数珠の珠《たま》をそっと転がしてみたくなる。

「お父さん、何で死んじゃったの」

我ながら子どもっぽい問いかけだとやや反省し、「飛び降り」という静かな返答にとても反省した。もしほかの人間にこんな物言いをしたら「ちょっと考えろよ」と怒るけれど、自分が言われるぶんには腹を立てない。後輩はそういう性格だった。

「警察から電話かかってきて」

後輩が続ける。

「知らない街の警察署行ったらデカ部屋みたいなとこに通されてさ、担当のおっさんが『あーこれ？』ってすごい無造作に死体の写真見せてきてびびったよ。まあ、そんなグロい感じではなかったけど、高校中退して、家出てから一回も会ってなかったし、二年ぶりが死に顔はキツい」

バスは大きな公園の前で停車し、ぷしーっと大きな音を立てて扉が開くと何人かが乗り込み、そして何人かが降りた。後輩の背中は、質問を拒んではいないように見えた。外れてませんように。

「お母さんは？」

「中三の時に離婚してそれっきり。姉ちゃんと妹は母親が連れてって、どこでどうしてんのかも知らないし」

知らなかった。

「お父さん、何で飛び降りたの」

どうしてこんな粗雑な物言いしかできないのか、自分がいやになる。

「困窮して、かなあ。昔っから、仕事全然続かなかったし」

後輩は淡々と答えた。

「生活保護の申請はしてたみたいで、援助できませんかみたいな手紙が役所から届いたことあるよ。『何でアル中のクズを養わなきゃいけないんですか』って返信したら何も言ってこなかったけど」

早口で一気にしゃべってからはーっと長い息をつく。両肩がしぼむように下がった。そして、変なの、と呟《つぶや》く。

「こんな話、したことなかったよな」

それは、自分が訊かなかったからだ。

――何で定時制に通ってるんすか。

知り合って間もない頃、そう尋ねられた。

――親いなくて施設で育って中卒で働いてたけどちょっと貯金できたし高校っていう場所に通ってみたくて。

まだ顔見知りでしかなかった年下の高校生は気まずそうに「そっすか」と頷いた。あの時、自分もひと息に言い切った。何も口を挟まれたくない。退屈な教科書の文章みたいに単純な情報として丸飲みし、解釈も深読みもしないでほしい。自分の人生を、物語みたいに味わわれたくない。そんなふうに身構えて、耳をふさいだ。耳をふさぐことは、口をつぐむことでもあった。訊かれたくないから、訊かない。レスポンスが怖いのだ。肯定であれ否定であれ、自分の投げた言葉に何かが返ってくる、それを待つ一瞬がどうしようもなく耐えがたい。

「次だけど、押す?」

後輩が再度振り返り、窓枠にくっついている降車ボタンを指差した。

「何で」

「いや、押したいかなって」

「子どもじゃないんだから」

「はは」

きょう初めて、まともに笑う顔を見た。笑えるだけの心の隙をつくってやれたのなら、ここまできた甲斐《かい》はあったと思う。停留所はセレモニーホールの真ん前だったので、バスを降りてそのまま吸い込まれるように入った。葬儀社の担当者に案内されたのは十畳くらいの狭い部屋で、一応は白い花で飾られたささやかな祭壇があり、棺《ひつぎ》の中には後輩の父親がいる（はず）。遺影はなし。パイプ椅子が前にひとつ、後ろにふたつ。本当にコンパクトなセッティングだった。やがて袈裟《けさ》を着た僧侶《そうりょ》が入ってきて前方の椅子に座り、読経が始まる。もちろん何を言っているのかさっぱり分からないものの、時折、聞き覚えのあるフレーズ（と言っていいのかどうか）が混じった。隣の椅子とは五十センチくらいの間隔で、後輩の膝と、握った拳が視界に入っていた。顔は、見られなかった。どんな表情であれこの先一生忘れられなくなりそうで、目を伏せた。せっかく買った数珠は上着のポケットから出さずじまいだったが、なくても別に問題はないのだと勉強になった。

黙礼して僧侶を見送ると、葬儀社のスタッフが祭壇から花を何本か抜いて近づいてきた。

「最後のお別れにお花を飾ってください」

後輩がかつて語ったとおり、棺は抜かりなくキャスター付きの台に載せられていて、有無を言わせないスムーズさで目の前に運ばれてくるや顔の部分の小窓がさっと開けられる。すばらしい手際だった。なるほど、と笑いそうになったが後輩がぱっと顔を背けたので慌てて表情筋に活を入れ「やります」と手向け役を志願した。故人への好き嫌いとは関係なく、全員が全員、死に顔と対面したいわけじゃないだろう。ワンクッション置いてくれてもいいのにと思ったが、きっとそういうマニュアルなのだ。執《と》り行う側ではなく、参列する側に「ふさわしい見送り方」を実践させるための手順。

投げやりな仕草にならないよう注意を払って花を置いた。亡骸《なきがら》は、浮腫《むく》んでグレーがかった土色をしていた。鼻の穴や、ほんの少し開いた口から綿《わた》が覗いている。後輩には似ていないと思ったが、目を開けているとまた印象が違うのかもしれない。

「ごめん」

駐車場の前で、ぼそっと謝られた。

「不意打ちだったから、動揺した」

「いいよ。この後どうするの」

「火葬場」

「ついて行ってもいい？」

「うん」

後輩はズボンのポケットに両手を突っ込み、さらにぶっきらぼうに「ありがと」と言った。三角屋根の霊柩車《れいきゅうしゃ》じゃなく、普通の黒いバンに乗る。「葬式っていくらかかった？」と訊くと、二十万ちょっとだと言う。

「そんなに？」

「全然安いほう。ゼロがひとつ多くて普通」

「そうなんだ。火葬場の後は？」

「提携してる寺で永代供養してくれるって言うから、もう任せる」

「便利だね。それで二十万なら安いか」

「うん。ほんとは、もっと安いのもある。坊さん抜きで、手続き終わり次第即火葬みたいなの。それでいいかなとも迷ったけど……」

「せっかくだし？」

「そうかも。あとは自分の罪悪感の問題と」

「そんな面倒なもの背負わなくていいのに」

「うん」

背負いたくて背負っているわけじゃない、もちろん分かっているけれど、言わずにおれなかった。後輩は「先輩の身軽なとこがいいなと思う」と言ったきり、火葬場に着くまでの約三十分、口を開かなかった。

人体が完全に燃えて骨になるまで、一時間くらい必要らしい。きょうはいくつかある火葬炉のひとつに不具合が出たとかで、火葬を始めるまでにも時間がかかりそうだと申し訳なさそうに説明された。食堂みたいな広い待合ロビーには喪服の集団がいくつか散らばり、老若男女取り混ぜた団体もいれば、自分たちと同じくひっそりした二、三人のグループもいた。きょう、たまたまそういう雰囲気なのかもしれないが、共通して和やかなものを感じる。死んだ人間の器を燃やすことで精神的にも物理的にも肩の荷が下り、気持ちの区切りがつくのだろうか。

「向田邦子がいっぱい」

全体的に黒っぽい眺めにそうつぶやくと、後輩が「よく知ってんな」と驚いた。

「教えてくれたの、忘れた?」

「ああ、そうだっけ」

「本は読んでないけど。面白い?　って訊いたら、何か微妙な反応だったから」

「面白いよ、すごく」

前言ってたことと違う、と軽く抗議すると、いやー、と腕組みして言い淀む。

「小説は好きなんだけど、父親についてのエッセイで、すぐ手が出るけど家族思いだったみたいな、そういうエピソードが」

「好きじゃない？」

「んー……好きじゃなくはない。いいなって思うからこそ耐えられない気持ちになる。よその家の話だし、ただそれだけのこと、として受け止められない自分がいやというか。時代もあると思うけど、大黒柱で家族を養ってたら、不器用だけど内心で家族を愛してたら、殴ってもいいのかよみたいな」

そうか、と思った。あの時、本当はここまで打ち明けたかったのかもしれない。わだかまった短い沈黙で心得たふりをして「そっか」と会話を打ち切って、それが配慮だと勘違いしていた。自分が身軽でいるために他人から何も受け取りたくないと耳をふさいでいたけれど、せめて今、聞けてよかった。

「でも面白いから、先輩、読んでよ」

「何で」

「先輩がどう思うのか知りたいから」

「考えとく」

近くには時間をつぶせるような店もなさそうで、待合ロビーにつけっぱなしのテレビからは午後の情報番組の、ゆるいグルメリポートが垂れ流されている。ぼんやりするのは特に苦じゃなかったが、後輩が「煙草吸うから、ついてきてくんない」と立ち上がった。こっちは吸わないのを忘れているのか、まだ何か話したいことがあるのか。

「いいよ、どこ」

「たぶん外」

コートを羽織って建物の外に出ると、自販機とベンチが設置されたスペースの隅っこに、細長い円柱形の吸殻入れがぽつんと立っていた。日陰に入った途端にぐっと冷え込み、強い風がコートの裾《すそ》をはためかせる。後輩は苦労して煙草に火をつけると、くわえたままズボンのポケットから何か取り出して寄越してきた。ジッパー式のビニール袋に小銭と何枚かのカードと、折りたたんだ紙切れが入っているのが見える。証拠品って感じ、と思った。

「何これ」

「父親の所持品」

ああ、遺留品のほうか。

「これだけ?」

「うん。所持金は千二百円、とっくに失効した免許証と、どうでもいいポイントカードが何枚かと、謎の紙」

視線で促され、その謎の紙とやらをつまみ上げて開くと、雑な筆跡で英文が書かれていた。

「何て書いてあるの」

「分かんない」

「お父さんが書いたのかな」

「それも謎。『ＳＡＬＥ』を『サレ』って読むくらい頭悪かったたし」

でも、自分たちにしたってこれを訳せないのだから大差ないだろう。

「最初は『Ｇｏｄ』だから、何かのタイミングでクリスチャンになったのかも」

「だったら自殺はＮＧだろ」

「そうなんだ。知らなかった」

「んなもん知るか、って飛び降りたのかもしんないけど。拝《おが》んでやったのに助けてくれないってやけくそになって。そうだったら納得」

考えても分かりそうにないので冒頭の文面をスマホで検索してみると、すぐにヒットした。

「『平安の祈り』って言うんだって」

「へえ」

God grant me the serenity

to accept the things I cannot change,
courage to change the things I can,
and wisdom to know the difference.
Living one day at a time.
Enjoying one moment at a time.
Accepting hardships as the pathway to peace.

「神よ、わたしにお与えください。変えられないものを受け入れる落ち着きを、変えられるものを変えていく勇気を、そのふたつを見分ける賢さを。きょう一日を生き、一瞬を楽しみ、苦しみも平和につながる道だと受け入れますように……だって」

アルコール依存症の断酒会とかで使われてるらしいよ、とネットの情報をそのまま伝えると、聞き流していた後輩の表情が強張る。

「そう」

煙草を深く吸うと、先端の赤い火がちりりと灰を伸ばす。遺品の持ち主は、もう焼かれているだろうか。吐き出した煙は風にさらされてすぐに空気と同化してしまう。懐かしい匂い。

「そっか……」

後輩は人差し指と中指で煙草を挟み、親指の爪《つめ》で鼻のつけ根をこりこりかいた。戸惑った時の癖で、その仕草が好きだったことも思い出した。半分くらいに縮んだ煙草を吸殻入れの穴に捨て「ちょっと散歩しようか」と言う。

「どこに？」

「どこでも。そうだ、バス停あったな、適当にバス乗って帰ってこよう。それなら寒くないし」

目的地のあるバスに無目的に乗ることになり、今度は、最後尾の長いシートに並んで座った。車体のおでこの行先表示によると、終点は車庫らしい。

「ＶＩＰシートだね」

「どこがだよ」

後輩はちょっと笑い「交通費、後で教えて」と言った。

「払うから」

「怒るよ」

「……ごめん」

車は片側二車線の国道を走る。産婦人科の前で停まると、赤ん坊を抱いた若い女が乗ってきて優先座席に座った。赤子はひんひんとぐずっていたが、閑散とした車内には却ってほどよいノイズだと思えた。

「俺、先輩に謝んなきゃいけないことがあって」

心当たりはあったが、正直聞きたくない。このタイミングで切り出すのはずるいとも思った。でもそれらをぐっと飲み込んで「なに？」と促す。だってきょうが終われば、この先一生会わないかもしれない。後輩の父親がしたように、後悔のしみを残したまま別れるほうがいやだった。後輩のためじゃない、自分のためだ。

「昔、子どもいるって、言ったじゃん、俺」

「うん」

——子どもいるんだよね、たぶん。

ハンバーガー屋で向かい合ってポテトをつまんでいる時、唐突にそう切り出された。

——「たぶん」がおかしい。

——いや、産んだとは聞いてないけど、まあ産んでるよなっていう……。

相手は中学校の同級生で、結果的に子どもができるような行為に及んだのが中二、と聞いた時はもちろん驚いたが、顔に出したくなくて「へえ」とそっけなく返した覚えがある。ショックを受けたと悟られたくなかった。もっと言えば、後輩が「家族を持ち、家庭をつくる」という可能性にあの時傷ついたのだ。

——証拠残さないようにだと思うけど、公衆電話から携帯にかけてきて、「赤ちゃんできた、産みたい」って泣いてた。その後学校に来なくなって、それっきり。親が離婚したら携帯も持たせてもらえなくなったし。

——どうしてるか、全然分かんないの？

——いや、同級生辿ったら本人に連絡取れると思う。

——会いたくないの。

——実感がわかない。

大きくなる腹も、生まれた子も見ていなければそれはそうだろう。後輩は現実味の希薄な、夢の話でもするように頼りない表情だった。

——当時は、父親にばれたら殺されるって、それしか頭ん中になかったから。毎日生きた心地がしなかった。でも、何の連絡もないまままもう四、五年経っちゃって。

——ふうん。

アイスコーヒーの氷をざらざら鳴らしながら、やんわり牽制《けんせい》された、と思った。こういう既成事実のある男ですから、と。自分の気持ちを知られていたのが恥ずかしかったし、相手の回りくどいお断りの仕方が憎らしくもあった。だから何食わぬ顔で別れた後、連絡を取らずにいたら向こうからも音沙汰《おとさた》が途絶え、ああやっぱりそういうことだった、と苦い納得をして、一年経てば苦さも忘れた。

「いきなり変なことぶっちゃけたのが気まずくて、フェードアウトしちゃって」

「フェードアウトしたかったのかと思ってた」

「それは違う」

「でも困ってたよね」

気持ちを、口に出したことはもちろんない。行動で表したつもりもないが、いつの間にか伝わってしまっていた。眼差しだったり、ふと交わした「おはよう」の抑揚だったり、割り勘のお釣りを渡す時の指先のためらいだったり、たぶんそういう儚い気配の積み重ねで。いつの間にか伝わってしまっていたことをいつの間にか確信していたし、いつの間にか確信していたことも伝わってしまっていただろう。

「どうすればいいのかな、とは思ってた」

後輩は言った。

「先輩とだったら金なくてもただしゃべってるだけで楽しい、これからもそういうゆるい感じでいたいって思ってて、でも先輩は違うのかも、それ以上を俺に望んでるのかもって思ったら、裏切られたような気がした。俺のこと知りもしないくせにって勝手にムカついた」

すいませんでした、と隣で頭を下げられたが、許すと言うのも許さないと言うのも違う気がした。

「まず相手の女の子と子どもに謝れば」

「謝るよ、連絡取るつもり。でもそれと先輩の件は別だから」

見たことのないローカルなスーパーの前でバスが停まると、母子は降りて行った。赤ん坊は結局べそをかきっぱなしだった。

「先輩、親いないって言ってたじゃん」

「うん」

「だから、俺が自分の話したら、ドン引きして、何だこいつってちょっと嫌いになってくれるかなって、そういう期待もあった。だって、好かれるって恐怖だろ」

「嫌われるより？」

「嫌われたらそこで終わりじゃん。好かれたら始まっちゃうから、そっちのが怖いよ」

分かるような、分からないような。そして、あいにく今でも、妊娠させた同級生を好きだったのかどうか訊けないほどには好きだった。ただ好きでいるだけの、何も始まらない好意だってあるよ、と思った。

ドライブスルーや古着屋やスーパー銭湯、どこの街にでもあるようなものたちを通り過ぎ、まばらに乗降していた乗客がとうとう自分たちだけになると後輩はぽつりとこぼした。

「ほんとは、家出てから一度だけ会った」

「お父さん？」

「うん。会ったというか、見た？　去年の夏、夜八時ぐらいにピンポン鳴って、ドアスコープ覗いたら、人の肩だけ見えた。セールスかと思って『どちらさまですか』って訊いても、もごもご言って聞き取れないから腹立ってきつめに繰り返したら『ご無沙汰《ぶさた》してます』って聞こえて、分かった瞬間ふるえが止まらなくなった」

笑うだろ、と自嘲《じちょう》気味に言う。

「もう父親と殴り合っても負けるわけないのに、怖くて、ドア開けるどころか、帰れって言うのすら無理だった」

「ひとつも笑うとこないんだけど」

「そうかな。だって俺、警察呼んだよ」

「救急車呼んでたら笑うけど普通じゃん」

何も始まらない相手とふたりきりで話すのが、秘密や胸の内をさらけ出されるのが、不意に息苦しくなった。後輩の、どうすることもできない苦しさが伝わってくるからだ。電話一本で知らない土地までのこのこやって来て、耳をふさぐすべがない。見知らぬ誰かがこのやり取りをすべて聞いていてくれたらいいのに、と思う。背負わなくていい、同情も共感もいらない、いろいろあるんだね、と浅い感想だけ抱いて、そしてあすには忘れてくれたら。

誰でもいい。俺たちの断片を、知ってくれ。

でもバスは空っぽで、最前列にいる運転手にまでこの声は届きそうにない。

「警察を待ってる間、父親がドアの外から話しかけてきた。『開けてくれ』『何もしないから顔が見たい』……こういう怪談なかったっけ、って思いながら玄関でへたり込んでたら警察が来て、外でちょっと揉めて、静かになって、しばらくしてまた警察が来て、お父さんパトカーに乗せましたよって言われてやっとドア開けられた」

目線が高いので、普通の乗用車がバスを追い越して行くのを上から眺めていた。銀色の派手なスポーツカーのボンネットが西陽を跳ね返し、目を刺す。

「謝りたくて来たけど、そんなに嫌われてるならしょうがないってしょんぼりしてましたよ、って警官が、ちょっと非難する感じで、腹立った。もう絶対に手を上げないとか酒はやめるとか仕事続けるとか、何回聞いたか。どんだけ誓ったって、テレビつけたタイミングで酒のCM流れてたり、飲み屋の看板見かけたりするだけであっさりゼロになるんだよ」

繰り返し裏切られると、裏切られた痛みと、わずかでも期待してしまった自分への怒りで二重に傷つく。そして痛みの波紋が消えないうちに次の輪が生まれ、終わらない輪唱のように傷は疼き続ける。しかも相手が肉親なら、断ち切るのは難しい。

「『アルコール依存症は病気、お父さんのせいじゃない』って言われたことがある。じゃあ、俺がバイト代盗られて失神するまで殴られて真冬にパジャマ一枚で表に締め出されたのは誰のせいだよ。酒？　そんな実体のないものを恨んだり怒ったりできないだろ。『立ち直るには支えが必要』って、俺の人生捧《ささ》げろって言ってるのと同じなのに」

信号でバスが急停車し、互いの上体が斜めに傾《かし》ぐ。死んでくれって思った。後輩は体勢を立て直そうとせず、背中を丸めたまま絞り出した。

「数えきれないほど思った。きょう死んでないかな、あしたは死んでくれるかなって毎日毎日……」

うん、と答える。

「死んだよ。よかった」

もう願わなくていい。

「そういうことを、まじでさらっと言うから先輩はすげーよ」

「失言だった？」

「いや。ほっとしてるし、やっとか、って思ってる。でも考えるんだ。あの時ドアを開けてたらどうなったんだろう。魚眼レンズ越しの丸っこい肩ばっか思い出す」

「お人好《ひとよ》しすぎる」

「交通事故とかだったらたぶん何とも思わないけど、死因が死因だからさ。……結論は変わんない。寄生《きせい》されて人生食いつぶされるに決まってる、もしやり直せたとしても、絶対にドアを開けない。そこからまた『でも……』って始まるんだ。一生繰り返すと思う」

遺された紙の、祈りの意味なんか教えなければよかった。「そこにありえたかもしれない希望」とは、いちばんたちの悪い呪いに思える。

「二十万も払ってちゃんと葬式してあげてえらいよ」

唯一の参列者として、それだけは言っておきたかった。あのお経だって、自分たちの知らない尊い意味をたくさん含んでいるのだろう。

「どうも」

後輩は苦笑し、無造作にネクタイを取ってコートのポケットに突っ込んだ。窓から射す日光はどんどん斜めに寝そべり、強烈な光線が空っぽのバスに充満して喪服の肩をあぶる。暖かくはないのに強烈にまぶしく、無人の座席や広告が褪《あ》せた古い写真のように見えた。一日の終わりの空気とどこにも向かっていない乗客二名を運ぶ車が国道から逸《そ》れて細い脇道に入れば、建物に遮られて途端に薄暗くなる。光も降りていった。

「そろそろ降りようか」

後輩が降車ボタンを押すと、車内のいたるところで赤紫の光がいっせいに点り「つぎ、停まります」の音声が響いた。

「イルミネーションの点灯式みたい」

「しょぼいだろ」

バスが上り坂に差し掛かり、しぜんと身体が背もたれに押しつけられる。そこからすぐに、ぐうんと振り回されるようなカーブに入った。え、何これ。思わず声が出る。

「橋だな」

「すごい、アトラクションみたい」

「下をでかい船が通るから、高さがいるのかもな」

ばねのようならせんになったカーブを二周すると視界はぐんとひらけ、眼下に川と、川沿いの工場群が見えた。赤白ボーダーの煙突、整列するクレーンと、岸辺にひしめく小さな船舶。霞《かすみ》がかったような遥《はる》か遠くの高層ビル群。川の流れが点になって消失する果ては海だろうか。こぎれいな遊歩道もオープンカフェも見当たらない、ただの「生活の側にある川」の風景だった。夕陽《ゆうひ》の濃いオレンジと降車ボタンの赤紫を混ぜて溶かしたような日没の空と、細長くたなびく雲にほんの少し近づいて川を渡り、対岸で同じらせんを今度は下り、小さな団地の前で停車する。バスを降りて大きく伸びをした途端、空腹を感じた。

「お腹空いた」

「俺も」

住宅以外で目につくものといえばホームセンターの建物くらいだった。どっかにラーメン屋とかあるかも、と後輩が歩き出す。

「そんな悠長にしてたら、火葬終わっちゃうよ」

「別にいい。携帯の電源切ってるから大丈夫」

ちっとも大丈夫じゃない、けれど、引き返そうと急かす気にはなれなかった。黒い服の内側では罪悪感や憎悪、悲しみ、その他何色にも分けられない感情がせめぎ合っているに違いない。背中にそっと耳を押し当てれば、その軋みが聞こえてきそうだった。喪主が現れず、手つかずで冷えていく骨を想像した。人体の形を保ったままで、傍らにはマニュアルどおりに進行できず焦る葬儀社のスタッフがいる。コメディみたいだ。

「父親の金使い切ろう、千二百円じゃ二杯は無理だけど」

「五千円あるよ」

「何の金」

「香典」

後輩は笑う。ちょっと困ったような、どうしたらいいのか分からないようなためらいのにじむ笑顔に、初めて会った頃を思い出した。

「全部盛りで替え玉してもお釣りくるな」

「ビールと餃子もつけられる」

「にんにくの匂いぷんぷんさせて戻ったら引かれるよな……あ」

後輩が声を上げたので店を見つけたのかと思えば「小学校」と前方を指差した。

「ラーメン屋じゃないし」

「懐かしくて。校舎の雰囲気、うちの高校に似てない?」

「学校なんかどこも似たようなもんだと思う」

「何となくだよ」

立ち止まって、がっちり閉ざされた門扉《もんぴ》の向こうを見上げる。もう下校時刻を過ぎたのだろう、どの教室も真っ暗だった。

「暗いね」

「暗いな」

当たり前の事実を確認し合うように口に出した。きっと同じ記憶を再生している。こんなふうにぼんやり小学校なんか眺めてたら通報されそう、と思いつつ佇《たたず》んでいると、後輩が口を開いた。

「二年の時、俺が夜の教室に行っただろ」

「うん」

「本当はあの日も、父親が荒れてて家から逃げ出して、行くとこなかったんだ。金もないし、定期で行けるいちばん遠いとこが学校だった。正門閉まってたから意味なくぐるっと歩いてたら自分の教室が見えて、そこだけ明かりがついてて、すごくいいものみたいな気がした。それでふらふら入ってっちゃって、中覗き込んでから我に返ったよ。定時制って昼間と全然雰囲気違うだろ、俺も実はやべって思ったけど、先輩は普通そうだったからちょっと安心した。結局、明け方まで公園にいて、朝こっそり家に戻って着替えだけして学校に行ってメモと菓子見た時、泣きそうになった。めちゃめちゃ腹減ってたから豆うまくて、ぼりぼり貪《むさぼ》ったよ」

「あんなので釣れてラッキーだったな」

「ラッキーは俺だよ。先輩にとってはちょっとした親切だったんだろうけど、大げさじゃなく、ああこれで生きていけるって思った」

あたりは夜に沈みつつあった。互いの吐き出す息が、本当に純白に見えた。骨の白とはどんな色だろう。

「先輩といると、楽でいいなと思ってた。先輩には家族がいないから引け目感じなくてすんだし、いろいろ詮索してこないし……でも、それってものすごく一方的な理由で、自分のずるさがだんだんいやになってきた。もし俺が自分ちの話して、先輩が『それでも家族がいるだけうらやましい』とか、『お父さんと和解しなきゃ』みたいなこと言ったら、って想像して怖かった」

「何で」

「その地雷踏まれたら確実に先輩を憎むから。きれいごとしか言わない教師とか気まぐれで構ってくる近所の人とかいっぱい憎んできたけど、先輩だけは憎みたくなかった。大人になればどんどん自由になれると思ってたのに、逆だったな」

「でも呼んでくれてありがとう」

「……呼ばれてくれてありがとう」

本当は、違う「ありがとう」を言いたかった。「憎みたくなかった」と言ってくれたこと。自分とは違うかたちで、でも確かに後輩も自分を思ってくれていた。後輩にとっての豆菓子。ありがとう。その言葉で、瞬間胸に射した光で、生きていける。

かけらも土地勘のない街の明かりがそこらじゅうに灯り、その、どこにでもある、平凡な眺めをきれいだと思った。後輩が引き寄せられた光。よく分かる。自分のものじゃない明かりほど美しく見える。団地、マンション、アパート、戸建て。あれらの窓の内側に孤独も痛みも後悔も暴力も当たり前に存在し、光という闇だってあるのだと分かっていても惹《ひ》かれてしまう。

行こうよ、と促してすぐ、立ち止まった。

「あ」

「なに？」

「ペットショップ」

「ラーメン屋じゃねえだろ」

「味のある感じだったから、つい」

ガラス戸にペンキで太く「家禽《かきん》その他」と書かれていて、味わいと年季に惹かれ目的もなく中に入ると、後輩も「おいおい」とぼやきながらついてくる。みっしり並んだ鳥籠《とりかご》や小動物のケージから小鳥のさえずりやかさこそした物音がひっきりなしに聞こえ、動物愛護の観点から摘発されそうな密度の店内には獣のにおいと水辺の生ぐささがほんのりと混在していた。団子状に身を寄せ合うハムスターを観察していると、小さな声で「先輩」と呼ばれた。

「こっち、見て」

水槽が陳列された一角で、目線を水中にやったまま手招きしている。よほど珍しいものでも発見したのかと思いきや、ありふれたネオンテトラだった。

「好きなの？」

「きれいじゃん」

「きれいだけど」

十四五百円、という手書きの値札がもの哀《がな》しい。小さなポンプがぽこぽこと規則正しく酸素を供給している。自分が後輩に施した親切など、このあぶくひと粒程度のものだろう。でも、それで生き延びる心だってあっていい。希望なんて、そのくらいがちょうどいい。

「ちなみに、照明を反射して光ってるだけで、暗いときれいじゃないって知ってた？」

「へえ、蛍とは違うんだ」

水槽に設置されたライトに、ぼんやりと浮かび上がる横顔は知らない男みたいだった。そんな豆知識を、誰から教わったのだろう。ひらひらと極小の虹《にじ》をまとったように泳ぐ魚の群れをしばらく眺めていたが、店の奥から「何かお求めですか」と声をかけられ、慌てて外に出た。

「あっぷね」

後輩が息をつく。

「衝動買いしそうになった」

「正気？」

「だから思いとどまったじゃん。水槽とかいろいろ大変そうだし……でも、あしたになってもやっぱり欲しかったら、先輩、買いに行くのつき合ってくれる？」

父親の金と自分の香典が、あのちっぽけな光に化けたら、それはそれで有意義な使い途《みち》かもしれない。

「いいけど」

「ネオンテトラってどのくらい生きるのかな。俺のほうが先に死んだらかわいそう」

「血の繋がった子どもより、小魚が心配？」

「うん。ぶっちゃけ、人間なんか全然心配じゃない」

迷いのない答えの後、沈黙とともに静寂が訪れた。車も人も行き来せず、生活の音が途絶えた。それは偶然がもたらしたものの数秒の無音に過ぎなかったが、真夜中よりも、イヤホンのノイズキャンセリング機能よりも、まっさらで澄みきった静けさに感じられた。

最後に残った聴覚がオフになって死んだらこんなふうだろうか。自分はきょう、これを聞くためにイヤホンを持たずここまで来たのだと思った。

「もし死んじゃっても、魚くらいなら引き取ってあげるよ」

「まじで？　なら安心だ」

ラーメン屋は一向に見つからず、もうどこへ向かっているのか分からない。求める明かりに辿り着けないかもしれないし、火葬場に戻らないかもしれない。どこにも行けない、どこにでも行ける、一歩踏み出すごとに、交互に思った。隣を歩く後輩と、ラーメンを食べて呆気なく別れるかもしれないし、本当にネオンテトラを買いに行くかもしれない。不確かさが自由で寂しい。ただ、あの橋をもう一度通りたいな、と思った。ぐるぐると同じカーブを反復して、川を渡る。見下ろす街の灯はいっそう遠くてきれいで、ネオンテトラが宙を泳げたら反射できらきらと光り輝くに違いない。きょうという一日の終わり、平安の祈り。変えられるものと変えられないもの。変えられたかもしれない過去、変えられなかったかもしれない未来を思い、後輩は飽きもせず胸を痛めるだろう。どこで降りるにせよ、今度のボタンは自分が押す。

【参考文献】

柳原三佳『私は虐待していない　検証　揺さぶられっ子症候群』（講談社）

「花うた」の執筆にあたっては、「刑務所との往復書簡を書きたい」と思っていた時に、映画『プリズン・サークル』が「人間としての加害者」のありようや再生の過程について考えるきっかけをくれました。カメラが克明に捉えたような加害者たちの対話が、もし刑務所の外にいる「被害者」に伝わったら、その声はどのように響き、こだまするだろうか、と想像をめぐらせ、秋生と深雪が生まれました。

『プリズン・サークル』
監督・制作・撮影・編集／坂上香（製作／out of frame　配給／東風）

初出一覧

ネオンテトラ　「小説現代」2020年6・7月合併号
魔王の帰還　「小説現代」2020年10月号
ピクニック　「小説現代」2020年11月号
花うた　「小説現代」2020年12月号
愛を適量　「小説現代」2021年1月号
式日　「小説現代」2021年3月号

この作品はフィクションです。
登場する人物・団体は、
実在するいかなる個人、団体とも関係ありません。

一穂ミチ（いちほ・みち）

2008年『雪よ林檎の香のごとく』でデビュー。
劇場版アニメ化もされ話題の『イエスかノーか半分か』など著作多数。

スモールワールズ

2021年4月20日　第1刷発行
2022年4月 6 日　第8刷発行

著者　一穂《いちほ》ミチ
発行者　鈴木章一
発行所　株式会社講談社
東京都文京区音羽2-12-21
郵便番号　112-8001
電話　出版　03-5395-3506
販売　03-5395-5817
業務　03-5395-3615
本文データ制作　講談社デジタル製作
印刷所　株式会社KPSプロダクツ
製本所　株式会社国宝社

KODANSHA

定価はカバーに表示してあります。

ISBN978-4-06-522269-0
N.D.C.913　303p　19cm